《世说新语》选读精讲精练

徐子曰 徐子岳 主编

江西教育出版社
JIANGXI EDUCATION PUBLISHING HOUSE
·南昌·

赣版权登字-02-2023-444

图书在版编目（CIP）数据

《世说新语》选读精讲精练 / 徐子曰，徐子岳主编. -- 南昌：江西教育出版社，2023.12（2024.4重印）

ISBN 978-7-5705-4004-4

Ⅰ. ①世… Ⅱ. ①徐… ②徐… Ⅲ. ①《世说新语》-研究 Ⅳ. ①I242.1

中国国家版本馆CIP数据核字（2023）第227923号

《世说新语》选读精讲精练
《SHISHUO XINYU》XUANDU JINGJIANG JINGLIAN
徐子曰　徐子岳 主编

江西教育出版社出版
（南昌市学府大道299号　邮编：330038）

出 品 人：熊　炽
特约策划：程传超
责任编辑：王俊琴　吴晓琼
插图绘制：叫藏藏

各地新华书店经销
江西新华报业印务有限公司印刷
787毫米×1092毫米　16开本　18.75印张　320千字
2023年12月第1版　2024年4月第2次印刷

ISBN 978-7-5705-4004-4
定价：68.00元

赣教版图书如有印装质量问题，请向我社调换　电话：0791-86710427
总编室电话：0791-86705643　编辑部电话：0791-86710421
投稿邮箱：JXJYCBS@163.com　网址：http://www.jxeph.com

序言

中国古代的小说中有两个重要的类型：志人小说和志怪小说。志是记、记载的意思，也就是说有记人、写人的小说和写神仙鬼怪的小说。志怪小说的代表作是干宝写的《搜神记》，咱们现在熟悉的干将莫邪的故事、董永和七仙女的故事都是从这里来的。再往后著名的志怪小说就要属《聊斋志异》了。当然，纪晓岚的《阅微草堂笔记》也写了很多鬼怪，袁枚的《子不语》也可以读一读。

志人小说的代表就是咱们今天要开始读的《世说新语》了，作者是南朝宋文学家刘义庆。

《世说新语》里面的故事都比较短小，适合小学生和初中生阅读，重要的是，学好了《世说新语》，基本上能够掌握中小学所要求的文言文的实词、虚词以及句式。可以说，读了《世说新语》，不但能够了解魏晋时期的名人轶事，还对今后的考试有很大的帮助。

本书精选《世说新语》中的经典篇章，加上详细的注释、译文，并配以精要的练习，希望能够给大家的学习带来帮助。

目录

德行第一

4

李元礼风格秀整，高自标持，欲以天下名教[①]是非[②]为己任[③]。后进之士[④]有升其堂者，皆以为登龙门[⑤]。

注释

①名教：指以正名定分为主的封建礼教。这里指儒家礼教。

②是非：事理的对与错；也指口舌的争论，如搬弄是非。

③为己任：当作自己的责任。

④后进之士：后学晚辈。指一些年轻的后辈的谦称。

⑤龙门：又叫“禹门”，传说鱼越过这个地方，就会变成龙。后用以比喻中举、升官等飞黄腾达之事。也比喻逆流前进，奋发向上。

译文

李元礼风度出众，品性端正，对自己的评价很高，他想要把在全国推行儒家礼教、辨明是非当作自己的责任。后辈读书人有到他家厅堂跟他学习的，都认为登上了龙门。

拓展

李膺（110—169），字元礼，东汉时期名士。李膺最初被举为孝廉，历任青州刺史、渔阳太守、蜀郡太守等。在担任河南尹期间，李膺因检举不法，被诬陷免官，被朝廷赦免后，出任司隶校尉，为官清廉刚直，使宦官震恐。李膺位列当时的“八俊”之首，有“天下模楷”之称，深得士人敬仰。后在党锢之祸中遇害，享年六十岁。

对比阅读

是时，朝廷日乱，纲纪颓阤，膺独持风裁，以声名自高。士有被其容接者，名为登龙门。——《后汉书·党锢列传》

练习

1.解释加点的词语。

是非＿＿＿＿＿＿＿＿ 皆以为登龙门＿＿＿＿＿＿＿＿

2.翻译句子。

欲以天下名教是非为己任。

＿＿＿＿＿＿＿＿＿＿＿＿＿＿＿＿＿＿＿＿

8

陈元方子长文有英才[1]，与[2]季方子孝先，各论其父功德，争之不能决，咨[3]于太丘。太丘曰：“元方难为兄，季方难为弟。”

注释

①英才：杰出的才能。

②与：和。

③咨：询问。

译文

陈元方的儿子陈长文有杰出的才能，他和陈季方的儿子陈孝先各自论述自己父亲的功业和品德，两人争执不下，于是（他们）询问祖父陈太丘。陈太丘说："元方当哥哥不容易，很难和弟弟分高下；季方当弟弟也不容易，很难和哥哥分高下。"

成语

难兄难弟（nán nán）：原指兄弟关系很好，二人都很优秀，实力相当，今多反用，讥讽两人同样坏。

拓展

陈寔（shí）（104—187），字仲躬（一作"仲弓"），东汉时期官员、名士。陈寔曾担任太丘长，后世称为"陈太丘"。他以清高有德行而闻名于世。"梁上君子"的典故与他有关。

练习

1.解释加点字的意思。

与季方子孝先____________________ 咨于太丘________________

2.出自本文的成语是____________，后来用它形容________________。

9

荀巨伯远看友人疾①，值②胡③贼攻郡，友人语④巨伯曰："吾今死矣，子可去⑤！"巨伯曰："远来相视，子令⑥吾去，败义以求生，岂⑦荀巨伯所行邪⑧？"贼既至，谓巨伯曰："大军至，一⑨郡尽⑩空，汝何男子，而敢独止？”巨伯曰：“友人有疾，不忍委⑪之，宁以我身代友人命。”贼相谓⑫曰：“我辈无义之人，而入有义之国！”遂班军⑬而还，一郡并获全。

注 释

①疾：一般的病。

②值：遇到，正赶上。

③胡：古人称北方的少数民族为胡。

④语：告诉。

⑤去：离开。

⑥令：让。

⑦岂：哪里，怎么。

⑧邪：通“耶”，语气词，表疑问。

⑨一：表示整个；全。

⑩尽：全，都。

⑪委：抛弃，舍弃。

⑫相谓：互相说。

⑬班军：回师，撤军。也可以写作班师。

译 文

荀巨伯到远处探望朋友的病，正好碰上胡人攻打郡城，朋友告诉巨伯说：“我现在要死了，您可以离开了！”巨伯说：“我远道来看您，您却让我离开，损害道义来求活命，这难道是我荀巨伯干的事吗？”贼人来了之后，对巨伯说：“大军到了，整个郡城都逃空了，你是什么样的男子汉，竟敢一个人留下来？”巨伯说：“朋友有病，我不忍心抛弃他，我宁愿自己代朋友去死。”胡人听了互相议论说：“我们这些不讲道义的人，却侵入有道义的国家！”于是就把军队撤回去了，全城也因此得以保全。

练习

1. 解释加点字的意思。

值胡贼攻郡________ 友人语巨伯________

2. 翻译句子。

吾今死矣，子可去！

____

友人有疾，不忍委之，宁以我身代友人命。

____

3. 荀巨伯为什么不肯离去？用文中语句回答。

____

4. 胡贼“班军而还”的原因是什么？用文中语句回答。

____

5. 本文表现了荀巨伯怎样的品质？

____

11

管宁、华歆共园中锄菜，见地有片金，管挥锄与瓦石不异①，华捉而掷去之。又尝②同席读书，有乘③轩冕④过门者，宁读如故⑤，歆废书出看。宁割席分坐曰：“子非⑥吾⑦友也。”

注释

①异：不同。

②尝：曾经。

③乘：坐，骑。

④轩冕：古时大夫以上官员的车乘和礼帽。轩指官员乘坐的车子。冕指官员的礼帽。这里偏指于轩，指达官贵人。

⑤故：过去，之前的。

⑥非：不是。

⑦吾：我。第一人称代词。

译 文

管宁和华歆一同在菜园里锄菜，看见地上有一小片金子，管宁挥动锄头锄去，跟锄掉瓦块石头没什么不同，华歆却把金子捡起来再扔出去。还有一次，两人曾经同坐在一张坐席上读书，有达官贵人乘坐车子从门口经过，管宁跟之前一样读书，华歆却放下书本跑出去看。管宁就割开席子，分开座位说：“你不是我的朋友。”

拓 展

割席断交：比喻朋友之间因志不同道不合而绝交。

补充阅读

（华）歆与北海邴原、管宁俱游学，三人相善，时人号三人为“一龙”，歆为龙头，原为龙腹，宁为龙尾。——《三国志》

练 习

1.解释加点字的意思。

管挥锄与瓦石不异__________ 又尝同席读书__________

有乘轩冕过门者__________

2. 翻译句子。

宁读如故，歆废书出看。

---

3. 管宁割席，可以看出管宁是个怎样的人？

21

王戎父浑有令[①]名，官至凉州刺史[②]。浑薨(hōng)[③]，所历九郡义故[④]，怀其德惠，相率致赙(fù)[⑤]数[⑥]百万，戎悉[⑦]不受。

注 释

①令：美好。也作敬辞，常用于称呼对方的家人，比方说令尊、令堂、令郎、令嫒等。

②刺史：古代地方官名。西汉划分全国为十三部（州），每部设刺史，主管监察，官阶低于郡守。东汉末将一部分刺史改为州牧，居郡守之上。

③薨：诸侯王或有爵位的大官死。

④故：故人，老朋友。

⑤赙：帮助人办丧事的财物。

⑥数：几。

⑦悉：全，都。

译 文

王戎的父亲王浑，有很好的名声，做官做到凉州刺史。王浑死后，他曾经在凉州所统属的九个州郡的随从和旧部下，怀念他的恩惠，相继送了几百万财物给王戎做丧葬费，王戎全都不接受。

练　习

1. 解释加点字的意思。

王戎父浑有令名________ 所历九郡义故________

2. 翻译句子。

相率致赙数百万，戎悉不受。

____

24

郗(xī)公值①永嘉丧乱，在乡里甚穷馁(něi)②。乡人以公名德，传共饴(sì)③之。公常携兄子迈及外生周翼二小儿往食。乡人曰："各自饥困，以君之贤，欲共济④君耳，恐不能兼有所存。"公于是独往食，辄(zhé)⑤含饭著(zhuó)⑥两颊边，还吐与二儿。后并得存，同过江。郗公亡，翼为剡(shàn)县，解职⑦归，席苫(shān)于公灵床头，心丧⑧终三年。

注　释

①值：遇到……时候。

②馁：饥饿。

③饴：通"饲"。喂食，拿食物给人吃。

④济：救济，周济。

⑤辄：就。

⑥著：附着，加……于上。这里指放在。

⑦解职：辞职。

⑧心丧：古时老师死后，弟子不穿丧服，只在心里悼念，后泛指无服或释服后的深切悼念。

译文

郗公（郗鉴）遇到永嘉丧乱的时候，避居在乡下非常穷困，还要挨饿。乡里人因为郗公有名望德行，就轮流拿食物给他吃。郗公常常带着兄长的儿子郗迈和外甥周翼一起去吃饭。乡里人说：“大家都饥饿穷困，因为您的贤德，所以我们想要共同帮助（救济）您，恐怕不能（连两个孩子）一同养活。”（在这种情况下）郗公就一个人去吃饭，把饭含在两颊旁，回来后吐给俩孩子吃。后来两个孩子活了下来，一同南渡过江。郗公去世时，周翼担任剡县令，他辞职回家，在郗公灵床前铺了草垫，为郗公守心丧整整三年。

拓展

永嘉丧乱，又叫永嘉之乱。西晋怀帝永嘉五年（311），匈奴军队在刘渊之子刘聪的率领下击败西晋京师洛阳的守军，攻陷洛阳并大肆抢掠杀戮，更俘虏晋怀帝等王公大臣。永嘉七年（313），晋怀帝被杀死，司马邺于长安即皇帝位，改元建兴。建兴四年（316）刘曜又攻入长安，俘虏了晋愍（mǐn）帝，西晋灭亡。永嘉之乱使中国再次走向分裂。中国北部进入战乱不休的五胡十六国时期；南方则由司马睿建立起东晋政权，史称“衣冠南渡”。

练习

1.解释加点字的意思。

郗公值永嘉丧乱________________ 欲共济君耳____________________

2.翻译句子。

公于是独往食，辄含饭著两颊边，还吐与二儿。

____

3.乡里人“传共饴之”，是因为______________。（用原文回答）

25

顾荣在洛阳，尝[1]应人请，觉行炙(zhì)[2]人有欲炙之色，因辍(chuò)[3]己施焉。同坐嗤(chī)[4]之。荣曰："岂[5]有终日执之，而不知其味者乎？"后遭乱渡江，每经危急，常有一人左右己，问其所以[6]，乃受炙人也。

注释

①尝：曾经。

②炙：烤肉。辛弃疾词中"八百里分麾下炙"的"炙"也是这个意思。

③辍：停止。

④嗤：嗤笑，嘲笑。

⑤岂：哪里，怎么。

⑥所以：……的原因。

译文

顾荣在洛阳的时候，曾经应人邀请（去参加别人的宴席），发现送烤肉的人有想吃烤肉的神色，于是自己不吃把自己那一份烤肉给了他。同座的人都笑话他。顾荣说："哪有整天端着烤肉，却不知道烤肉滋味的道理呢！"后来遇上战乱过江避难，每当遇到危难，常常有一个人护卫自己，（顾荣）便问他这样做的原因，原来这就是得到烤肉的那个人。

练习

1. 解释加点字的意思。

尝应人请________________ 岂有终日执之__________________________

2. 翻译句子。

每经危急，常有一人左右己。

____

3.顾荣是一个怎样的人？这个故事告诉我们一个什么道理？请用自己的话回答。

31

庾(yǔ)公①乘②马有的(dì)卢③，或④语⑤令⑥卖去。庾云⑦："卖之必有买者，即当害其主。宁可不安己而移于他人哉？昔⑧孙叔敖⑨杀两头蛇以为后人，古之美谈。效⑩之，不亦达⑪乎？"

注　释

①庾公：庾亮，字元规，官至征西大将军，兼领荆州、江州、豫州三州刺史，死后追赠太尉，谥号文康。

②乘：坐，骑。

③的卢：一种白额的马，传说骑它的人会遭遇不幸。

④或：有人，有的人。

⑤语：告诉。

⑥令：让。

⑦云：说。

⑧昔：以前，过去。"昔时人已没，今日水犹寒。"

⑨孙叔敖：芀氏，名敖，字孙叔，春秋时楚国人，曾任楚国令尹，辅佐楚庄王称霸诸侯。据王充《论衡》记载，孙叔敖小时候看见一条两头蛇，当时人们认为见到这种怪蛇的人一定会死去，他为了避免后人再见到，就把蛇杀死并埋掉。

⑩效：效仿，学习。

⑪达：豁达，心胸宽广。

译 文

庾公（庾亮）骑乘的马中有一匹的卢马，有人告诉庾亮让他把马卖了。庾公说："我卖了就表示一定有人买它，也就是将害了它的新主人，怎么可以因为不利于自己而把祸害转移给别人呢？以前孙叔敖为了后人杀了双头蛇，这件事成了古来的美谈，我效仿他，不也是一种豁达吗？"

练 习

1.解释加点字的意思。

或语令卖去__________ 卖之必有买者__________

效之，不亦达乎__________

2.用"/"给下面的句子断句。（只断一处）

昔 孙 叔 敖 杀 两 头 蛇 以 为 后 人。

3.翻译下面的句子。

宁可不安己而移于他人哉？

____

4.文中的庾亮不卖的卢马，表现了他__________的品格。

38

范宣[1]年八岁，后园挑菜，误伤指，大啼。人问："痛邪[2]？"答曰："非为痛，身体发肤，不敢毁伤[3]，是以[4]啼耳！"宣洁行廉约，韩豫章遗(wèi)[5]绢百匹，不受。减五十匹，复不受。如是减半，遂至一匹，既终不受。韩后与[6]范同载，就车中裂二丈与[7]范，云："人宁[8]可使妇无裈(kūn)[9]邪？"范笑而受之。

注 释

①范宣：字宣子，小时候非常喜欢学习，尤其擅长“三礼”。

②邪：通“耶”，语气词，表疑问。

③身体发肤，不敢毁伤：出自《孝经》“身体发肤，受之父母，不敢毁伤，孝之始也”。意思是说，人身体上的肌肉和毛发，都是父母赐予的，不能有丝毫的损伤，自己应当妥善保护，这是子女行孝道的开始。

④是以：因此，所以。

⑤遗：赠送。

⑥与：和。

⑦与：给。

⑧宁：岂，难道。“王侯将相，宁有种乎”中的“宁”也是这个意思。

⑨裈：古代的一种裤子。

译 文

范宣八岁的时候，有一次在后园挖菜，无意中弄伤了手指，就大哭起来。别人问他：“很痛吗？”他回答说：“不是因为痛，身体发肤（受之父母），不敢毁伤，因此才哭的。”范宣品行高洁，为人清廉俭省。韩豫章送给他一百匹绢，他不肯收下；减到五十匹，还是不接受；像这样一直减半，减至一匹，他最终还是不肯接受。后来韩豫章和范宣一起坐车，在车上撕了两丈绢给范宣，说：“一个人难道可以让老婆没有裤子穿吗？”范宣才笑着收下了绢。

练 习

1. 解释加点的字或词语。

是以啼耳________________ 韩豫章遗绢百匹________________

2. 翻译句子。

人宁可使妇无裈邪？

____

3.范宣“误伤指，大啼”的原因是________________。（用文中语句回答）

4.从上文看，范宣这个人物的主要特点是________________________。

44

王恭从会稽（kuài jī）①还，王大看之。见其坐六尺簟（diàn）②，因语③恭：“卿④东来，故⑤应有此物，可以⑥一领及我。”恭无言。大去后，即举⑦所坐者送之。既无余席，便坐荐（jiàn）⑧上。后大闻之甚惊，曰：“吾本谓卿多，故求耳。”对⑨曰：“丈人⑩不悉⑪恭，恭作人无长物⑫。”

注 释

①会稽：地名。现在的浙江绍兴。

②簟：竹席。

③语：告诉。

④卿：古时对男子的敬称。

⑤故：所以。

⑥可以：可以把。

⑦举：拿，用。

⑧荐：草席，垫子。

⑨对：回答。

⑩丈人：对老年男子的尊称。现在指岳父，妻子的父亲。

⑪悉：了解，知道。

⑫长物：多余的东西。

译 文

王恭从会稽回来后，王大去看望他。（王大）看见他坐着一张六尺长的竹席子，便对王恭说："你从东边回来，所以应该有这种东西，可以拿一张（席子）给我。"王恭没有说话。王大走后，王恭就拿起所坐的那张竹席送给王大。自己没有多余的竹席，就坐在草席子上。后来王大听说这件事很吃惊，对王恭说："我原来以为你有多余的，所以问你要。"王恭回答说："你不了解我，我为人处世，没有多余的东西。"

拓 展

身无长物：除自身外再没有多余的东西。

对比阅读

王恭，字孝伯，光禄大夫蕴子，定皇后之兄也。少有美誉，清操过人，自负才地高华，恒有宰辅之望。与王忱齐名友善，慕刘惔(dàn)之为人。……尝从其父自会稽至都，忱访之，见恭所坐六尺簟，忱谓其有余，因求之。恭辄以送焉，遂坐荐上。忱闻而大惊，恭曰："吾平生无长物。"其简率如此。——《晋书》

练 习

1. 解释加点字的意思。

因语恭____________________ 故应有此物____________________

2. 翻译句子。

故应有此物，可以一领及我。

____

3. 王恭是一个______________________________的人。

言语第二

2

徐孺子[①]年九岁，尝[②]月下戏。人语[③]之曰：“若令[④]月中无物，当极明邪[⑤]？”徐曰：“不然[⑥]，譬如[⑦]人眼中有瞳子[⑧]，无此必不明。”

注释

①徐孺子：徐稺，字孺子。

②尝：曾经。

③语：告诉。

④若令：如果让。

⑤邪：通“耶”，语气词，表疑问。

⑥然：是的，对的。

⑦譬如：比如。

⑧瞳子：瞳孔。

译文

徐孺子九岁时，曾经在月光下嬉戏。有人对他说：“如果让月亮里面什么也没有，月亮会极其明亮吧？”徐孺子说：“不是的，比如人的眼睛里有瞳仁，如果没有这个，眼睛一定不会明亮。”

拓展

重瞳。重瞳就是一个眼睛里有两个瞳孔，在古代人们认为有重瞳的人一般都是圣人，据说项羽、李煜、晋文公、舜等都有重瞳。

练　习

1. 解释加点字的意思。

人语之曰__________ 不然__________

2. 翻译句子。

若令月中无物，当极明邪？

____

3. 徐孺子是个怎样的孩子？

____

3

孔文举①年十岁，随父到洛。时李元礼有盛②名，为司隶校尉③，诣(yì)④门者皆俊才清称及中表亲戚⑤乃通⑥。文举至门，谓吏曰："我是李府君⑦亲。"既通，前坐。元礼问曰："君与仆⑧有何亲？"对⑨曰："昔先君⑩仲尼⑪与君先人伯阳⑫，有师资之尊，是仆与君奕(yì)世⑬为通好也。"元礼及宾客莫⑭不奇之。太中大夫陈韪(wěi)后至，人以其语语⑮之。韪曰："小时了了⑯，大未必佳！"文举曰："想君小时，必当了了！"韪大踧踖(cù jí)⑰。

注　释

①孔文举：孔融，东汉末年文学家，建安七子之一，孔子的后代。小时候很出名，有孔融让梨的故事流传。后来被曹操杀害。

②盛：大。

③司隶校尉：官职名，是汉至魏晋监督

京师（中央）和周边地方的监察官。

④诣：拜访。

⑤亲戚：古代亲戚的范围比现在的小，指父母、兄弟、妻子、侄子等。现代指因为婚姻而有关系的人。

⑥通：通报。

⑦府君：汉代对郡相、太守的尊称。

⑧仆：对自己的谦称，我。

⑨对：回答。

⑩先君：先人，后辈称自己的祖先。先：对已经死去的尊长或祖先的尊称。

⑪仲尼：指孔子。孔子，名丘，字仲尼，儒家学派创始人。

⑫伯阳：指老子，道家学派创始人。老子姓李，名耳，字伯阳，一说谥号伯阳，又称老聃。孔子曾经拜师老子，向他学“礼”。

⑬奕世：世世代代。

⑭莫：没有人，没有谁。

⑮语：告诉。

⑯了了：聪慧；通晓事理。

⑰踧踖：恭敬而局促不安的样子。

译文

孔文举十岁的时候，随他父亲到洛阳。当时李元礼有很大的名望，担任司隶校尉，登门拜访的都必须是才子、名流和他的内外亲属，才给通报。孔文举来到他家门口，对守门的说：“我是李府君的亲戚。”经过通报后，（孔融）到前面就坐。元礼问：“您和我有什么亲戚关系呢？”孔文举回答道：“以前我的祖先仲尼（孔子）和您的祖先伯阳（老子），有师生的关系，这样看来，我和您就是世世代代的交情了。”李元礼和宾客们没有不感到惊奇的。太中大夫陈韪后来才到，别人就把孔文举的话告诉他，陈韪说：“小时候聪明伶俐，长大了不一定出众。”文举说：“我想您小时候，必定是很聪明的了。”陈韪听了，感到非常难为情。

拓展

小时了了，大未必佳：人不能因为少年时聪明而断定他日后定有作为，指不能只看到事物或人的表面现象。

对比阅读

融幼有异才。年十岁，随父诣京师。时，河南尹李膺以简重自居，不妄接士宾客，敕外自非当世名人及与通家，皆不得白。融欲观其人，故造膺门。语门者曰：“我是李君通家子弟。”门者言之。膺请融，问曰：“高明祖父尝与仆有恩旧乎？”融曰：“然。先君孔子与君先人李老君同德比义，而相师友，则融与君累世通家。”众坐莫不叹息。太中大夫陈炜后至，坐中以告炜。炜曰：“夫人小而聪了，大未必奇。”融应声曰：“观君所言，将不早惠乎？”膺大笑曰：“高明必为伟器。”——《后汉书·孔融传》

练习

1.解释加点字的意思。

为司隶校尉________________ 诣门者皆俊才清称________________

君与仆有何亲________________ 对曰________________

2.翻译句子。

元礼及宾客莫不奇之。

____

人以其语语之。

____

3.孔文举是个怎样的人?

____

5

孔融被收[①],中外[②]惶(huáng)怖。时融儿大者九岁,小者八岁。二儿故[③]琢钉戏,了无[④]遽(jù)[⑤]容。融谓使者曰:“冀[⑥]罪止于身,二儿可得全不[⑦]?”儿徐[⑧]进曰:“大人[⑨]岂见覆巢之下复有完卵乎?”寻[⑩]亦收至。

注 释

①收:收押,逮捕。

②中外:朝廷内外。

③故:仍然,像以前一样。

④了无:一点儿也没有,完全没有。

⑤遽:恐慌。

⑥冀:希望。

⑦不:通“否”,语气词。

⑧徐:慢慢地。这里指神态从容。

⑨大人:对父母长辈的尊称。

⑩寻:不久。

译 文

孔融被捕,朝廷内外都很惊恐。当时,孔融的孩子大的才九岁,小的八岁,两个孩子跟之前一样在玩琢钉戏,一点恐惧的神色也没有。孔融对前来逮捕他的差使说:“希望惩罚只限于我自己,两个孩子能不能保全性命呢?”

（孔融的）儿子从容地上前说：“父亲难道看见过打翻的鸟巢下面还有完整的蛋吗？”不久（他们）也被抓起来了。

拓　展

覆巢之下，安有完卵： 亦作覆巢之下无完卵，比喻一人罹(lí)祸，全家老少不得幸免。也有面对必然要发生的事情，要从容应对的意思。

对比阅读

初，（孔融）女年七岁，男年九岁，以其幼弱得全，寄它舍。二子方弈棋，融被收而不动。左右曰：“父执而不起，何也？”答曰：“安有巢毁而卵不破乎！”……或言于曹操，遂尽杀之。及收至，谓兄曰：“若死者有知，得见父母，岂非至愿！”乃延颈就刑，颜色不变，莫不伤之。——《后汉书·孔融传》

操大怒，遂命廷尉捕捉孔融。融有二子，年尚少，时方在家，对坐弈棋。左右急报曰：“尊君被廷尉执去，将斩矣！二公子何不急避？”二子曰：“破巢之下，安有完卵乎？”言未已，廷尉又至，尽收融家小并二子，皆斩之，号令融尸于市。——《三国演义》

练　习

1. 解释加点字的意思。

冀罪止于身____________________ 寻亦收至____________________

2. 翻译句子。

融谓使者曰：“冀罪止于身，二儿可得全不？”

____

3. 成语“________________”出自本文。从文中看，这个成语的意思是____。

4. “儿徐进曰：‘大人岂见覆巢之下复有完卵乎？’”孔融的儿子说这句话的意思是________________________，从他的言行中，我们可以得到的启示是____。

8

祢(mí)衡被魏武①谪(zhé)②为鼓吏，正月半试鼓。衡扬枹(fú)③为《渔阳掺(càn)挝(zhuā)》④，渊渊⑤有金石声⑥，四坐为之改容。孔融曰：“祢衡罪同胥(xū)靡⑦，不能发⑧明王⑨之梦。”魏武惭而赦(shè)⑩之。

注　释

①魏武：魏武帝曹操。曹操死后，他的儿子曹丕当皇帝建立了魏国，他被追尊为魏武帝。

②谪：被贬官，降职。

③枹：鼓槌。有版本作“桴”。

④《渔阳掺挝》：古鼓曲名。曲名称渔阳，借用了东汉彭宠在渔阳起兵反汉，最后兵败身死的故事。掺挝，古代乐奏中的一种击鼓方法。

⑤渊渊：形容鼓声深沉凝重。

⑥金石声：铿锵有力之声。后亦用以比喻文辞优美动人，声调铿锵。

⑦胥靡：古代服劳役的囚徒。这里指傅说，商天子武丁把他从服劳役的囚徒中起用为相。

⑧发：引发。发本义为放射、放出，比方说发书就是打开书。

⑨明王：英明的君王，指曹操。

⑩赦：赦免。

译 文

祢衡被魏武帝曹操贬官为鼓吏。正好遇到月中大会宾客的时候要检验鼓的音节，祢衡挥动鼓槌奏《渔阳掺挝》曲，鼓声深沉，有金石的铿锵之声，满座的人都为之动容。孔融说：“祢衡的罪和那个胥靡相同（和殷时服刑的犯人傅说相同），只是不能引发英明的魏王的求贤梦。”魏武帝听了很惭愧，就赦免了祢衡。

拓 展

祢衡，孔融的朋友。孔融向曹操推荐祢衡，但是祢衡称病不肯去，曹操很生气，就强行征召他为鼓手，想要羞辱祢衡，却反而被祢衡裸身击鼓羞辱。后来祢衡骂曹操，曹操就把他遣送给刘表，祢衡对刘表也很轻慢，刘表又把他送去给黄祖，最后他因为和黄祖言语冲突而被杀，时年二十六岁。京剧中《击鼓骂曹》就是说的这个故事，《三国演义》里也写了这个故事。

对比阅读

融既爱衡才，数称述于曹操。操欲见之，而衡素相轻疾，自称狂病，不肯往，而数有恣言。操怀忿，而以其才名，不欲杀之。闻衡善击鼓，乃召为鼓史，因大会宾客，阅试音节。诸史过者，皆令脱其故衣，更着岑牟、单绞之服。次至衡，衡方为《渔阳》参挝，蹀躞而前，容态有异，声节悲壮，听者莫不慷慨。衡进至操前而止，吏呵之曰：“鼓史何不改装，而轻敢进乎？”衡曰：“诺。”于是先解衵衣，次释余服，裸身而立，徐取岑牟、单绞而着之，毕，复参挝而去，颜色不怍。操笑曰：“本欲辱衡，衡反辱孤。”——《后汉书·文苑列传·祢衡传》

练 习

1. 解释加点字或词语。

祢衡被魏武谪为鼓吏____________ 渊渊有金石声________________

2.这个故事给你什么感悟？

____

17

邓艾[1]口吃，语称“艾艾”。晋文王[2]戏[3]之曰：“卿云[4]‘艾艾’，定是几艾？”对[5]曰：“‘凤兮凤兮’，故是一凤。”

注 释

①邓艾：三国时期魏国杰出的军事家、将领。其人文武全才，只是有口吃的毛病。历史上口吃的著名人物有韩非子、扬雄等。

②晋文王：司马昭（211—265），字子上。三国时期曹魏权臣，西晋王朝的奠基人之一。早年随父抗蜀，多有战功。其子司马炎代魏称帝建立晋朝后，追尊司马昭为文帝，庙号太祖。

③戏：开玩笑。

④云：说。

⑤对：回答。

译 文

邓艾说话结巴，自称时常重复说“艾艾”。晋文王和他开玩笑说：“你说‘艾艾’，到底是几个艾？”邓艾回答说：“‘凤兮凤兮’，依旧只是一只凤。”

拓 展

1.为什么邓艾“语称‘艾艾’”？

古人跟别人说话提到自己时要称呼自己的名，所以邓艾要说“艾”，因为口吃，所以成了“艾艾”。

2.“凤兮凤兮”出处是什么？

《论语》：楚狂接舆歌而过孔子曰：“凤兮凤兮！何德之衰？往者不可谏，来者犹可追。已而已而！今之从政者殆而！”孔子下，欲与之言。趋而辟之，不得与之言。

3.期期艾艾：形容口吃的人吐词重复，说话不流利。

练　习

1.解释加点字的意思。

晋文王戏之曰＿＿＿＿＿＿＿＿＿＿　对曰＿＿＿＿＿＿＿＿＿＿

2.面对晋文王的戏弄，邓艾是怎么回答的？从中可以看出他是一个怎样的人？

＿＿＿＿＿＿＿＿＿＿＿＿＿＿＿＿＿＿＿＿＿＿＿＿＿＿

3.有个成语形容口吃的人说话重复、不流利，这个成语是“＿＿＿＿＿”。

20

满奋①畏风。在晋武帝②坐，北窗作琉璃屏，实密似疏③，奋有难色④。帝笑之。奋答曰：“臣犹⑤吴牛，见月而喘⑥。”

注　释

①满奋：字武秋，曾任冀州刺史、尚书令、司隶校尉。

②晋武帝：司马炎，字安世，晋朝开国皇帝，晋宣帝司马懿之孙，晋文帝司马昭嫡长子。

③疏：稀疏。

④难色：为难的表情。

⑤犹：犹如，好像。

⑥吴牛，见月而喘：吴牛指江浙一带的水牛，吴地天气多炎暑，水牛怕热，见到月亮以为是太阳，故卧地望月而喘。吴牛喘月，比喻惧怕使之受苦的相类似事物，亦用以形容酷热难当。

译 文

满奋害怕受风。一次在晋武帝旁边侍坐，北窗是琉璃窗，实际是很严实的，看起来却像稀疏漏风似的，满奋就表现出很为难的神色。武帝笑他，满奋回答说："臣好比是吴地的牛，看见月亮就喘起来了。"

练 习

1.解释加点字的意思。

满奋畏风____________________ 臣犹吴牛____________________

2.翻译句子。

北窗作琉璃屏，实密似疏，奋有难色。

____

3.文中的成语"吴牛喘月"寓意是______________________________。

31

过江诸人，每至美日，辄相邀新亭，藉卉(huì)[1]饮宴。周侯[2]中坐而叹曰："风景不殊[3]，正自有山河之异！"皆相视流泪。唯王丞相[4]愀(qiǎo)然[5]变色曰："当共勠力[6]王室，克复[7]神州[8]，何至作楚囚[9]相对！"

注 释

①藉卉：坐在草地上。

②周侯：指周顗(yǐ)。字伯仁，周浚长子，东晋大臣、名士。周顗少有重名，弱冠之年担任秘书郎，袭封为武县侯，担任镇军将军司马毗长史。永嘉之乱后，跟随安东将军司马睿出镇建康，担任军谘祭酒，迁宁远将军、护南蛮校尉、荆州刺史，历任太子少傅、吏部尚书，累迁左仆射。身负雅望盛名，清正廉洁。因时常酒醉，不理俗务，有“三日仆射”之称。王敦之乱时，惨遭杀害，终年五十四岁，追赠左光禄大夫、仪同三司，谥号为康。相关典故有“我不杀伯仁，伯仁因我而死”。

③殊：不同。

④王丞相：指王导。

⑤愀然：形容神色变得严肃或不愉快。

⑥勠力：尽力，合力。

⑦克复：光复，收复。

⑧神州：中国的别称，战国时邹衍称中国为“赤县神州”。此外，中国还可以称为九州、华夏等。毛泽东有诗说：“六亿神州尽舜尧。”辛弃疾有词说：“何处望神州？”

⑨楚囚：指被囚禁的人，也比喻处境窘迫、无计可施的人。另外，“南冠”也是囚犯的意思，骆宾王《在狱咏蝉》里说“南冠客思深”。

译 文

到江南避难的那些人，每当到了风和日丽的日子，总是互相邀约到新亭去，坐在草地上喝酒作乐。一次，周侯坐在宴席中叹着气说：“这里的风景和中原没有什么不同，只是山河不一样了！”大家互相看着流下了眼泪。只有丞相王导脸色变得很严肃，说道：“大家应该为朝廷齐心合力，收复中原，哪里至于像囚犯似的相对流泪呢！”

对比阅读

诸名士相与登新亭游宴，周顗中坐叹曰：“风景不殊，举目有江河之异！”因相视流涕。王导愀然变色曰：“当共勠力王室，克复神州，何至作楚囚对泣邪！”众皆收泪谢之。——《资治通鉴》

练 习

1. 解释加点字的意思。

每至美日________________ 皆相视流泪________________

2. 翻译句子。

周侯中坐而叹曰：“风景不殊，正自有山河之异！”

____

3. 面对东晋迁都，偏安江南一事，周侯等人“皆相视流泪”，而王丞相却“愀然变色”，从中可以看出王导是怎样的一个人？

____

43

梁国杨氏子，九岁，甚[1]聪惠[2]。孔君平诣[3]其父，父不在，乃呼儿出，为设果。果有杨梅，孔指以示[4]儿曰：“此是君家果。”儿应声答曰：“未闻孔雀是夫子[5]家禽。”

注 释

①甚：非常。

②惠：通“慧”，聪明。

③诣：拜访。

④示：给……看。指……示：指……给……看。

⑤夫子：古代对人的尊称。

译　文

梁国有一个姓杨的家里的儿子，才九岁，很聪明。孔君平去拜访他父亲，他父亲不在，这家便叫儿子出来，给孔君平摆上果品。果品里有杨梅，孔君平指着杨梅给孩子看，说道："这是你家的果子。"孩子应声回答说："没听说过孔雀是先生您家的鸟。"

练　习

1. 解释加点字的意思。

甚聪惠________　孔君平诣其父________

2. 翻译句子。

果有杨梅，孔指以示儿曰："此是君家果。"

____

3. 杨氏之子是个怎样的孩子？（用原文回答）

____

55

桓公①北征，经金城，见前为琅邪时②种柳，皆已十围③，慨然④曰："木犹如此，人何以堪⑤！"攀枝执条，泫(xuàn)然⑥流泪。

注　释

①桓公：指桓温。字元子，东晋时期政治家、军事家、书法家、权臣，晋明帝司马绍女婿。

②为琅邪时：担任琅邪内史时。

③围：两臂合抱的圆周长或两手大拇指与食指合拢的周长。

④慨然：感慨地。

⑤堪：经得起，承受得住。

⑥泫然：流泪的样子。南宋陆游诗中有“此身行作稽山土,犹吊遗踪一泫然”。

译文

桓温北伐的时候，经过金城，看见从前担任琅邪内史时所种的柳树，都已经长得有十围那么粗了，就感慨地叹道：“树木尚且这样，人怎么经受得起（岁月的消磨）呢！”他攀着树枝，抓住柳条儿，泪流不止。

拓展

树犹如此，人何以堪：感叹岁月无情，催人衰老，自然规律让人无奈、感伤。

昔年移柳，依依汉南。今看摇落，凄怆江潭。树犹如此，人何以堪。

——庾信《枯树赋》

可惜流年，忧愁风雨，树犹如此！——辛弃疾《水龙吟·登建康赏心亭》

练习

1. 翻译句子。

慨然曰：“木犹如此，人何以堪！”

____

2. 桓公最后为什么流泪？

____

3. 写出三个古代珍惜光阴的名句。

____

71

谢太傅[1]寒雪日内集[2]，与儿女[3]讲论文义[4]。俄而[5]雪骤[6]，公欣然[7]曰："白雪纷纷何所似[8]？"兄子胡儿曰："撒盐空中差(chā)可拟[9]。"兄女曰："未若[10]柳絮因[11]风起。"公大笑乐。即公大兄无奕女[12]，左将军王凝之[13]妻也。

注释

①谢太傅：谢安，字安石。东晋政治家，死后追赠为太傅。

②内集：把家人聚集在一起。

③儿女：子女，这里泛指小辈，包括侄子侄女。

④讲论文义：讲解文章的义理。讲：讲解。论：讨论。

⑤俄而：不久，一会儿。

⑥骤：急。

⑦欣然：高兴的样子。

⑧何所似：像什么。

⑨差可拟：大体可以相比。差：大体、差不多。拟：相比。

⑩未若：不如，不及。

⑪因：趁机。

⑫无奕女：指谢道韫(yùn)，东晋有名的才女，以聪明有才著称。《三字经》有"蔡文姬，能辨琴。谢道韫，能咏吟"的说法。无奕，指谢奕，字无奕。

⑬王凝之：字叔平，大书法家王羲之的第二个儿子，做过江州刺史、左将军、会稽内史等。

译 文

谢太傅在一个寒冷下雪的日子里把家人聚集在一起，跟子侄辈的人谈论文章的义理。过了一会儿，雪下得急了，太傅高兴地说："这纷纷扬扬的大雪像什么呢？"他哥哥的儿子胡儿说："把盐撒在空中大体上可以相比。"他哥哥的女儿说："不如说像柳絮乘风飞舞。"太傅高兴得笑了起来。她是谢太傅大哥谢无奕的女儿，左将军王凝之的妻子。

对比阅读

王凝之妻谢氏，字道韫，安西将军奕之女也。聪识有才辩。叔父安尝问："《毛诗》何句最佳？"道韫称："吉甫作颂，穆如清风。仲山甫永怀，以慰其心。"安谓有雅人深致。又尝内集，俄而雪骤下，安曰："何所似也？"安兄子朗曰："散盐空中差可拟。"道韫曰："未若柳絮因风起。"安大悦。

——《晋书·列女传》

练 习

1. 翻译句子。

谢太傅寒雪日内集，与儿女讲论文义。

____

撒盐空中差可拟。

____

未若柳絮因风起。

____

2. "谢太傅寒雪日内集，与儿女讲论文义"这一句总述了谢太傅一家人咏雪的背景，极精炼地交代了时间"__________"、地点"__________"、人物"__________"、事件"__________"等要素。文中"寒雪""内集""欣然""大笑"等词语为我们营造了一种______________的家庭气氛。

3. 下列句子节奏划分正确的一项是（　　）

A．撒盐 / 空中差 / 可拟　　B．白雪 / 纷纷何 / 所似

C．未若 / 柳絮 / 因风起　　D．左将军 / 王凝 / 之妻也

4. 文章最后写道："即公大兄无奕女，左将军王凝之妻也。"你认为作者写这一句的用意何在？

____

5. 用"撒盐空中"和"柳絮因风起"来比拟"白雪纷纷"，你认为哪个更好？为什么？

____

____

6. 除"柳絮"外，你还能写出一两个形容飞雪的比喻词吗？能否再写出几句咏雪的诗句？

词：__________________、__________________

诗句：(1)______________________________

(2)______________________________

91

王子敬[①]云[②]："从山阴[③]道上行，山川自相映发，使人应接不暇[④]。若[⑤]秋冬之际，尤难为怀。"

注　释

①王子敬：王献之，字子敬，小字官奴，王羲之的第七个儿子，晋简文帝司马昱女婿、晋安帝司马德宗的岳父。东晋书法家，和王羲之并称为"二王"。

②云：说。

③山阴：地名。现在的浙江绍兴。古今的名人很多来自这里，比如西施、陆游、鲁迅等。

④暇：空闲。

⑤若：如果。

译文

王子敬说："从山阴道上走过时，一路上山光水色交相辉映，使人眼花缭乱，看不过来。如果是秋冬交替的时候，景色更是让人难以忘怀。"

拓展

应接不暇：形容景物繁多，来不及观赏。后多形容来人或事情太多，应付不过来。

练习

1. 解释加点字的意思。

王子敬云__________ 若秋冬之际__________

2. 出自本文的成语是__________。

3. 王子敬就是东晋书法家________，他和父亲________并称为"二王"。

108

谢灵运好戴曲柄笠[1]，孔隐士谓曰[2]："卿[3]欲希心高远，何不能遗曲盖之貌？"谢答曰："将不畏影者未能忘怀。"

注释

①曲柄笠：一种斗笠，形状像高官用的曲柄伞。

②谓曰：对……说。

③卿：古时对男子的敬称。

译文

谢灵运喜欢戴曲柄笠，隐士孔淳之对他说："你想倾心于高远的境界，为什么不能抛开曲柄伞的形状？"谢灵运回答说："恐怕是怕影子的人还不能忘记影子吧！"

拓展

谢灵运：东晋诗人，开创了山水诗派。他喜欢旅游探险，发明了谢公屐。

典故：才高八斗。

有一次，谢灵运一边喝酒一边自夸道："魏晋以来，天下的文学之才共有一石（一种容量单位，一石等于十斗），其中曹子建（即曹植）独占八斗，我得一斗，天下其他的人共分一斗。"谢灵运说曹子建才高八斗主要应该是谢灵运比较崇拜曹子建，尤其是曹子建的那篇《洛神赋》，当然夸张的成分是很大的。谢灵运说这话一方面抬高了曹植，另一方面又未免有自谦之意，其实他的文学才华与成就，并不在曹植之下。

拓展阅读

灵运少好学，博览群书，文章之美，江左莫逮。从叔混特知爱之，袭封康乐公，食邑三千户。以国公例，除员外散骑侍郎，不就。为琅邪王大司马行参军。性奢豪，车服鲜丽，衣裳器物，多改旧制，世共宗之，咸称谢康乐也。

……寻山陟岭，必造幽峻，岩嶂千重，莫不备尽。登蹑常著木履，上山则去前齿，下山去其后齿。——《宋书·谢灵运传》

政事第三

3

陈元方年十一时，候[①]袁公。袁公问曰："贤家君[②]在太丘，远近称[③]之，何所履行？"元方曰："老父在太丘，强者绥（suí）[④]之以[⑤]德，弱者抚之以仁，恣（zì）[⑥]其所安，久而益[⑦]敬。"袁公曰："孤[⑧]往者尝为[⑨]邺令，正行此事。不知卿家君法[⑩]孤？孤法卿父？"元方曰："周公、孔子，异世而出，周旋[⑪]动静[⑫]，万里如一。周公不师[⑬]孔子，孔子亦不师周公。"

注　释

①候：拜访，问候。

②贤家君：尊称别人的父亲。

③称：称赞。

④绥：安抚，使平静。

⑤以：用。

⑥恣：放纵，听任，任凭。

⑦益：更加。

⑧孤：封建时王侯的自称。

⑨为：担任。

⑩法：效法，学习。

⑪周旋：古代行礼时进退揖让的动作。这里指应酬，交往。

⑫动静：行动举止，这里指安定社会的做法。

⑬师：学习，效法。

译　文

陈元方十一岁时，有一次去问候袁公。袁公问他："你的父亲在太丘县任职时，远近的人都称颂他，他实行的是什么政策呢？"元方说："老父在太丘时，对强者就用恩德来安抚，对弱者就用仁爱来抚慰，放手任凭他们去做能安居乐业的事，时间久了，就更加受到敬重。"袁公说："我过去曾经做过邺县县令，正是用的这种办法。不知道是你父亲效法我呢，还是我效法你父亲？"元方说："周公、孔子生在两个不同的时代，他们的应酬交往、礼仪举止，虽然相隔很远也如出一辙；周公没有学习孔子，孔子也没有学习周公。"

练　习

1.解释加点字的意思。

远近称之____________________ 孤法卿父____________________

孤往者尝为邺令____

2.翻译句子。

周公不师孔子，孔子亦不师周公。

____

3.袁公两次问元方，请你用自己的话把袁公两次问话的主要内容写出来。

____

____

4.指出陈元方第二次答语的巧妙之处。

____

10

王安期[①]作东海郡，吏录[②]一犯夜[③]人来。王问："何处来？"云："从师[④]家受书还，不觉日晚。"王曰："鞭挞(biān tà)[⑤]宁越[⑥]以立威名，恐非致理之本。"使[⑦]吏送令归家。

注释

①王安期：王承，字安期，东晋初年的第一名士。

②录：逮捕。

③犯夜：违禁夜行，古代法律关于触犯夜禁（宵禁）的罪名。如《唐律疏议·杂律》犯夜条规定，闭门鼓后、开门鼓前无故夜行至本坊范围以外者，笞二十。

④师：老师。

⑤鞭挞：鞭打。

⑥宁越：人名。战国时赵国人，因努力求学十五年，而成周威王之师。

⑦使：让。

译文

王安期任东海郡内史时，吏员逮捕了一个犯宵禁的人来。王安期问他："从哪里来的？"那个人回答说："从老师家接受学习回来，不知不觉天已经晚了。"王安期说："鞭打一个像宁越这样的读书人来树立威名，恐怕不是使国家在政治上安定清平的根本办法。"便派差役送他回家了。

拓展阅读

宁越，中牟之鄙人也，苦耕稼之劳，谓其友曰："何为而可以免此苦也？"其友曰："莫如学。学三十岁则可以达矣。"宁越曰："请以十五岁。人将休，吾将不敢休；人将卧，吾将不敢卧。”十五岁而周威公师之。

——《吕氏春秋·博志》

练　习

1.解释加点字的意思。

从师家受书还＿＿＿＿＿＿＿＿ 使吏送令归家＿＿＿＿＿＿＿＿

2.王安期不处罚犯夜人的原因是＿＿＿＿＿＿＿＿＿＿＿＿＿＿＿＿

＿＿＿＿＿＿＿＿＿＿＿＿＿＿＿＿＿＿＿＿＿。（用文中语句回答）

3.王安期是个怎样的人？

＿＿＿＿＿＿＿＿＿＿＿＿＿＿＿＿＿＿＿＿＿＿＿＿＿＿＿＿

16

陶公①性检厉，勤于事。作荆州时，敕②船官悉③录④锯木屑，不限多少，咸⑤不解此意。后正会⑥，值⑦积雪始晴，听事⑧前除⑨雪后犹湿，于是悉用木屑覆之，都无所妨。官用竹皆令录厚头，积之如山。后桓宣武伐⑩蜀，装船，悉以作钉。又云：尝发⑪所在竹篙，有一官长连根取之，仍当足，乃超⑫两阶⑬用之。

注　释

①陶公：陶侃，字士衡，晋朝时期重要的军事将领，诗人陶渊明的曾祖父。

②敕：告诫，嘱咐。

③悉：全，都。

④录：收集。

⑤咸：全，都。

⑥正会：农历正月初一的集会。

⑦值：遇到，正碰上。

⑧听事：相当于现在的厅堂，大厅。

⑨除：台阶。

⑩伐：讨伐，攻打。

⑪发：征集，征调。

⑫超：越级，破格。

⑬阶：旧时官员的品级。

译文

陶侃性格严厉，工作勤恳。（他）担任荆州刺史时，吩咐（命令）负责建造船只的官员把木屑全都收集起来，多少不限，（大家）都不明白这是什么用意。后来到正月初一集会时，正碰上连日下雪刚刚转晴，正堂前的台阶雪后还是湿漉漉的，于是全用木屑铺上，就一点也不妨碍出入了。官府用的竹子，陶侃总是命令（大家）把竹头收集起来，堆积如山。后来桓温讨伐成汉，要组装战船，这些竹头就都用来做了钉子。又传说，陶侃曾经征调过当地的竹篙，有一个官员把竹子连根砍下，就用竹子根部当作竹篙铁足，陶侃便连升两级来任用他。

对比阅读

尝造船，其木屑竹头，侃皆令籍而掌之，人咸不解所以。后正会，积雪始晴，听事前余雪犹湿，乃以木屑布地。及桓温伐蜀，又以侃所贮竹头作丁装船。其综理微密，皆此类也。——《资治通鉴》

练习

1.解释加点字的意思。

敕船官悉录锯木屑______________ 咸不解此意______________

值积雪始晴＿＿＿＿＿＿＿＿ 后桓宣武伐蜀＿＿＿＿＿＿＿＿

2. 翻译句子。

后桓宣武伐蜀，装船，悉以作钉。

＿＿＿＿＿＿＿＿＿＿＿＿＿＿＿＿＿＿＿＿

3. 用文中语句回答陶公是怎样的人。

＿＿＿＿＿＿＿＿＿＿＿＿＿＿＿＿＿＿＿＿

4. 用自己的话说说陶公是怎样的人。

＿＿＿＿＿＿＿＿＿＿＿＿＿＿＿＿＿＿＿＿

文学第四

1

郑玄[1]在马融[2]门下，三年不得[3]相见，高足[4]弟子传授而已。尝算浑天[5]不合，诸弟子莫[6]能解。或[7]言玄能者，融召令算，一转便决，众咸[8]骇(hài)服。及[9]玄业成辞归，既而融有“礼乐皆东”之叹。恐玄擅名[10]而心忌焉。玄亦疑有追，乃坐桥下，在水上据屐(jī)。融果转式[11]逐之，告左右[12]曰：“玄在土下水上而据木，此必死矣。”遂罢追，玄竟以得免。

注 释

①郑玄：马融的学生。东汉儒家经学大师。

②马融：东汉著名经学家。

③得：能够。

④高足：本来指骏马，后来指高才，是对别人学生的敬称。

⑤浑天：古代关于天体的一种学说，认为天地关系如蛋壳包着蛋黄，天的形状浑圆如弹丸，南北两极固定在天的两端，日月星辰绕南北两极极轴旋转。天文学家就根据这种观点去推算日月星辰的位置。

⑥莫：没有人，没有谁。

⑦或：有人，有的人。

⑧咸：全，都。

⑨及：等到。

⑩擅名：独自享有名声。

⑪ 转式：运转卜具。一种算卦的方法。式，通“栻”，卜具。

⑫ 左右：旁边的人。

译 文

郑玄在马融门下求学，过了三年也没能够见着马融，只是由（马融的）高才弟子传授他知识罢了。马融曾经用浑天算法演算，结果不相符，弟子们也没有谁能够解决问题。有人说郑玄能演算，马融便叫他来，让（命令）他演算，郑玄一运转（算具）就解决了，大家都很惊奇、佩服。等到郑玄学业完成，辞别回家，没多久马融就发出“礼和乐的中心都将要转移到东方去了”的慨叹，担心郑玄会独享盛名，心里很忌恨他。郑玄也怀疑马融会来追赶，便坐在桥底下，在水里靠着木屐。马融果然运转栻盘占卜郑玄踪迹，然后告诉身边侍候的人说：“郑玄在土下、水上，靠着木头，这一定是死了。”便停止了追赶。郑玄因此得免一死。

练 习

1.解释加点字的意思。

三年不得相见________________ 及玄业成辞归________________

2.翻译句子。

或言玄能者，融召令算，一转便决，众咸骇服。

____

2

郑玄欲注《春秋传》①，尚②未成，时行③与服子慎遇，宿客舍，先未相识，服在外车上与人说己注《传》意。玄听之良久④，多与己同。玄就⑤车与语曰：“吾久欲注，尚未了⑥。听君向⑦言，多与吾同。今当尽以所注与君。”遂[8]为《服氏注》。

注　释

①《春秋传》:《春秋》是我国第一部编年体史书，但是它的叙述非常简略，被后人称为“微言大义”，后来有人给它做了解释，叙述得就比较详细了。这就是所谓的“春秋三传”:《春秋左氏传》(《左传》)、《春秋公羊传》、《春秋穀梁传》。其中以《左传》最为出名，相传为左丘明所撰。

②尚：尚且，还。

③行：出行。

④良久：很久。

⑤就：靠近。

⑥了：完成，完结。

⑦向：以前，之前。

⑧遂：于是，就。

译　文

郑玄想要注释《春秋传》，还没有完成。他外出的时候和服子慎相遇，住在同一个客店里，起初两人并不认识。服子慎在店外的车子上和别人谈论自己注释《春秋传》的想法。郑玄听了很久，服子慎的见解多数和自己相同。郑玄就走近车子对服子慎说道:“我早就想要注释《春秋传》，还没有完成。听了您之前的谈论，大多和我相同，现在应该把我作的注全部送给您。”(《春秋传》)就有了《服氏注》。

练　习

1.解释加点的字或词语。

尚未成________________　玄听之良久________________

2. 翻译句子。

听君向言，多与吾同。

____

4

服虔（qián）既善[①]《春秋》，将为注，欲参考同异；闻崔烈集门生讲《传》，遂匿姓名，为烈门人赁[②]作食。每当至讲时，辄窃[③]听户[④]壁间。既知不能逾[⑤]己，稍共诸生叙其短长。烈闻，不测[⑥]何人，然素[⑦]闻虔名，意疑之。明蚤[⑧]往，及未寤（wù）[⑨]，便呼："子慎！子慎！"虔不觉惊应，遂相与[⑩]友善。

注释

①善：擅长，善于。

②赁：给人做雇工。"佣"有时候和它同义。现在有词语雇佣、租赁。

③窃：偷偷地。

④户：门。在古代"窗户"指窗和门，如"流水不腐，户枢不蠹"。

⑤逾：超过。

⑥测：猜测。

⑦素：向来，一向。

⑧蚤：通"早"。明早：第二天早上。明日：第二天。明年：第二年。

⑨寤：睡醒。

⑩相与：相处，相交往。

译文

服虔已经很擅长《春秋》了，将要给它作注释，想要参考各家的相同点和不同点。他听说崔烈召集学生讲授《左传》，就隐瞒自己的姓氏名字，去给崔烈的学生当佣人做饭。每当（崔烈）讲授的时候，他就偷偷在门口墙壁间偷听。等他知道崔烈不能超过自己以后，便和那些学生谈论崔烈讲授内容的缺点和长处。崔烈听说后，猜不出是什么人，可是一向听过服虔的名声，心里怀疑是他。第二天早上（崔烈）就去拜访，趁服虔还没睡醒的时候，便突然叫："子慎！子慎！"服虔不觉惊醒答应，从此两人就结为好友。

练习

1.解释加点字的意思。

闻崔烈集门生讲《传》________ 既知不能逾己________

然素闻虔名________ 明蚤往________

2.翻译句子。

每当至讲时，辄窃听户壁间。

____

3.服虔是个怎样的人？

____

6

何晏[1]为[2]吏部尚书，有位望，时谈客盈[3]坐，王弼(bì)未弱冠[4]往见之。晏闻弼名，因条[5]向[6]者胜理语[7]弼曰："此理仆[8]以为极，可得复难[9]不[10]？"弼便作难，一坐人便以为屈，于是弼自为客主数番[11]，皆一坐所不及[12]。

注释

①何晏：三国时期曹魏大臣、玄学家。何晏父亲死后，曹操娶了何晏的母亲，把他收为养子，非常喜爱他。少年时何晏以才华横溢著称，喜好老庄之学，后来娶了曹操之女金乡公主。大将军曹爽秉政时，何晏与之共事，担任吏部尚书。最终被司马懿所杀。

②为：担任。

③盈：满。

④弱冠：古代男子20岁行冠礼，表示已经成年。后来指20岁左右的年纪。

⑤条：逐条列出，分条陈述。

⑥向：以前，之前。

⑦语：告诉。

⑧仆：对自己的谦称，我。

⑨难：反驳，责难。

⑩不：通“否”，语气词。

⑪番：次，回。如“三番五次”。

⑫及：赶得上，比得上。

译文

何晏担任吏部尚书时，很有地位和声望，当时到他家清谈的宾客常常满座，王弼那时还不到二十岁，也去拜见何晏。何晏听到过王弼的名声，便分条列出以前那些精妙的玄理来告诉王弼说：“这些道理我认为是谈得最透彻的了，还能再反驳吗？”王弼便提出反驳，满座的人都觉得何晏理屈。于是王弼自己一会儿做主一会儿做客讲了好几个回合，谈论的玄理都是在座的人比不上的。

拓　展

三省六部制：以唐朝为例，三省是中书省、门下省、尚书省。尚书省是国家最高行政机关。其下设吏、礼、兵、户、刑和工六部，每部设尚书为最高长官，总管本部政务。

吏部：掌管全国官吏的任免、考选、升降、调动等事务。

户部：为掌管户籍财经的机关。

礼部：考吉、嘉、军、宾、凶五礼之用；管理全国学校事务、科举考试及藩属和外国之往来事。

兵部：掌管选用武官及兵籍、军械、军令等。

刑部：掌管法律刑狱，与大理寺并列。

工部：掌管营造工程事项的机关。

练　习

1. 解释加点的字或词语。

何晏为吏部尚书＿＿＿＿＿＿＿＿　王弼未弱冠往见之＿＿＿＿＿＿＿＿

于是弼自为客主数番＿＿＿＿＿＿＿＿＿＿＿＿＿＿＿＿＿＿＿＿

2. 翻译句子。

皆一坐所不及。

＿＿＿＿＿＿＿＿＿＿＿＿＿＿＿＿＿＿＿＿＿＿＿＿＿＿＿＿＿＿

14

卫玠（jiè）①总角②时问乐令③"梦"，乐云："是想。"卫曰："形神所不接而梦，岂④是想邪？"乐云："因也。未尝梦乘⑤车入鼠穴、捣齑啖（jī dàn）⑥铁杵，皆无想无因故⑦也。”卫思“因”，经日不得，遂成病。乐闻，故⑧命驾为剖析之。卫即小差⑨。乐叹曰：“此儿胸中当必无膏肓(gāohuāng)⑩之疾！”

注释

①卫玠：字叔宝，晋朝玄学家，中国古代四大美男之一，其他三个人是宋玉、潘安、兰陵王。

②总角：八九岁至十三四岁的少男少女。（古代儿童将头发分作左右两半，在头顶各扎成一个结，形如两个羊角，故称“总角”）

③乐令：乐广，字彦辅，西晋时期名士，因代王戎为尚书令，被后人称为“乐令”。

④岂：哪里，怎么。

⑤乘：坐，骑。

⑥啖：吃。

⑦故：原因。

⑧故：特地，故意。

⑨差：通“瘥(chài)”，病愈。

⑩膏肓：古以心尖脂肪为膏，心脏与隔膜之间为肓，膏肓之间是药力不到之处。病入膏肓，即重病将亡。

译文

卫玠幼年时问尚书令乐广“梦”是怎么回事，乐广回答：“是因为心有所想。”卫玠说：“身体和精神都不曾接触过的却在梦里出现，这哪里是心有所想呢？”乐广说：“这是有因由根据的。人们就不曾梦见坐车进老鼠洞，或者捣碎姜蒜吃掉铁杵，这都是没有这些想法，没有形成梦的依据的原因。”卫玠便思索“形成梦的依据”，成天思索也得不出答案，就生了病。乐广听说后，特意坐车去给他分析这个问题。卫玠的病才稍微好了一些。乐广感慨地说：“这孩子心里一定没有无法医治的病！”

拓展

古代关于年龄的称呼：

垂髫（tiáo）是指三四岁至七八岁的儿童。（髫，古代儿童头上下垂的短发）《桃花源记》：黄发垂髫，并怡然自乐。

豆蔻（kòu）是指十三四岁至十五六岁的少女。（豆蔻是一种初夏开花的植物，开花时还未到盛夏，比喻人还未成年，故称女子未成年的时代为“豆蔻年华”）

束发是指男子十五岁。（到了十五岁，男子要把原先的总角解散，扎成一束发髻）

及笄是指女子十五岁成年。

弱冠是指男子二十岁。（古代男子二十岁行冠礼，表示已经成人，因为还没达到壮年，故称“弱冠”）

而立是指三十岁。（立，是“立身”“立志”之意）

不惑是指四十岁。（不惑，是“不迷惑”“不糊涂”之意）

知命是指五十岁。（知命，是“知天命”之意）

花甲是指六十岁。

古稀是指七十岁。

耄耋（mào dié）指八九十岁。

期颐指一百岁。

练习

1.解释加点字的意思。

未尝梦乘车入鼠穴____________ 皆无想无因故也____________

2.翻译句子。

此儿胸中当必无膏肓之疾！

____

3.我们要学习卫玠怎样的精神？

20

卫玠始度[1]江，见王大将军[2]。因[3]夜坐，大将军命[4]谢幼舆[5]。玠见谢，甚说[6]之，都不复顾[7]王，遂达旦[8]微言[9]。王永夕[10]不得豫[11]。玠体素[12]羸（léi）[13]，恒[14]为母所禁。尔[15]夕忽极，于此病笃[16]，遂不起[17]。

注　释

①度：通“渡”，渡过。

②王大将军：王敦，曾担任大将军、荆州牧。

③因：因为，由于。

④命：命令，这里引申为召唤、邀请的意思。

⑤谢幼舆：谢鲲，喜欢老庄学说，擅长音乐，是当时王敦手下的长史。

⑥说：通“悦”，喜欢，高兴。

⑦顾：看，回头看。

⑧达旦：直到次日清晨，指从晚上到早上。有“通宵达旦”一词。

⑨微言：精微的语言。指玄谈。微还有一个重要的意思：没有。《岳阳楼记》有“微斯人，吾谁与归？”

⑩永夕：整晚，通宵。

⑪豫：参预，参与。

⑫素：向来，一向。

⑬羸：瘦弱。

⑭恒：经常。

⑮ 尔：这。

⑯ 笃：重。

⑰ 不起：指死去。

译 文

卫玠刚刚渡过长江（到江南避难）的时候，去拜见王敦大将军。由于夜坐清谈，大将军便邀来谢幼舆（一起谈）。卫玠见到谢幼舆，非常喜欢他，再也不看王敦，就和（谢幼舆）一直清谈（那些精妙的理论）到第二天早晨，王敦整夜也参与不进去。卫玠向来身体虚弱，总是被他母亲禁止（过度谈论）。这一夜突然感到疲乏，从此病情加重，之后就去世了。

拓 展

为……所：被动句的标志。

例：为人所杀。

拓展阅读

玠字叔宝，年五岁，风神秀异。祖父瓘曰："此儿有异于众，顾吾年老，不见其成长耳。"总角乘羊车入市，见者皆以为玉人，观之者倾都。骠骑将军王济，玠之舅也，俊爽有风姿，每见玠，辄叹曰："珠玉在侧，觉我形秽。"又尝语人曰："与玠同游，冏若明珠之在侧，朗然照人。"及长，好言玄理。其后多病体羸，母恒禁其语。遇有胜日，亲友时请一言，无不咨嗟，以为入微。琅邪王澄有高名，少所推服，每闻玠言，辄叹息绝倒。故时人为之语曰："卫玠谈道，平子绝倒。"澄及王玄、王济并有盛名，皆出玠下，世云："王家三子，不如卫家一儿。"玠妻父乐广，有海内重名，议者以为："妇公冰清，女婿玉润。"——《晋书·卫玠传》

练　习

1. 解释加点字的意思。

甚说之＿＿＿＿＿＿＿＿ 都不复顾王＿＿＿＿＿＿＿＿

2. 翻译句子。

玠体素羸，恒为母所禁。

＿＿＿＿＿＿＿＿＿＿＿＿＿＿＿＿＿＿＿＿＿＿＿＿

3. 写出文中的两个通假字。

＿＿＿＿＿＿＿＿＿＿＿＿＿＿＿＿＿＿＿＿＿＿＿＿

27

殷中军①云②："康伯未得我牙后慧。"

注　释

①殷中军：殷浩，东晋时期大臣、清谈家，擅长道家学说，酷爱《易经》。康伯是他的外甥。

②云：说。

译　文

殷中军说："康伯还没有学到我牙缝里的一点聪明。"

拓　展

拾人牙慧： 牙慧，牙缝里的一点聪明。比喻拾取别人的一言半语当作自己的话。

49

人有问殷中军："何以①将得位②而梦棺器，将得财而梦矢③秽(huì)？"殷曰："官本是臭腐，所以④将得而梦棺尸；财本是粪土，所以将得而梦秽污。"时人以为⑤名通⑥。

注释

①何以：为什么。

②位：官位，官爵。

③矢：通"屎"。《史记·廉颇蔺相如列传》中有"顷之三遗矢"。

④所以：……的原因。

⑤以为：认为。

⑥名通：名言。

译文

有人问殷中军："为什么将要得到官爵就梦见棺材，将要得到钱财就梦见粪便？"殷中军回答说："官爵本来就是腐臭的东西，因此将要得到它时就梦见棺材尸体；钱财本来就是粪土，因此将要得到它时就会梦见肮脏的东西。"当时的人认为这是名言。

拓展

《周公解梦》：相传为周公姬旦所写的解释梦的书。

《梦的解析》：奥地利心理学家弗洛伊德的一本著作，是经典的心理学书籍。该书开创了"梦的解析"理论，被作者本人描述为"理解潜意识心理过程"的捷径。该书引入了本我概念，阐述了弗洛伊德的潜意识理论，可以解析梦，引申到心理学，就是解读人们的潜意识在梦中的表象。

练　习

1.解释加点的字或词语。

何以将得位＿＿＿＿＿＿＿＿ 将得财而梦矢秽＿＿＿＿＿＿＿＿

2.翻译句子。

财本是粪土，所以将得而梦秽污。

＿＿＿＿＿＿＿＿＿＿＿＿＿＿＿＿＿＿＿＿＿＿＿＿

3.有人认为金钱至上，为了钱不惜以身试法，舍弃生命也在所不惜。结合本文，说说你怎么看待金钱。

＿＿＿＿＿＿＿＿＿＿＿＿＿＿＿＿＿＿＿＿＿＿＿＿

＿＿＿＿＿＿＿＿＿＿＿＿＿＿＿＿＿＿＿＿＿＿＿＿

66

文帝①尝令东阿王②七步中作诗，不成者行大法③。应声便为诗曰：“煮豆持作羹，漉(lù)④菽(shū)⑤以为汁。萁(qí)⑥在釜(fǔ)⑦下燃，豆在釜中泣。本自同根生，相煎何太急？”帝深有惭色。

注　释

①文帝：魏文帝曹丕。

②东阿王：曹植。

③大法：指死刑，重刑。

④漉：过滤。

⑤菽：豆类的总称。

⑥萁：豆茎，豆秆。

⑦釜：锅。如“破釜沉舟”。

译　文

魏文帝曹丕曾经命令东阿王曹植在七步之内作成一首诗，作不出的话，就要处以死刑。曹植应声便作成一诗：“煮熟豆子做成羹，滤去豆子留下汁。豆茎在锅下燃烧，豆子在锅中哭泣；本来就是同根生长，相互煎熬为何这般急切。”魏文帝听了露出了惭愧的神色。

拓　展

1. 三曹：曹操、曹丕、曹植三位文学家的合称。

2. 建安七子：汉建安年间（196—220）七位文学家的合称，包括孔融、陈琳、王粲、徐干、阮瑀、应玚、刘桢。

3.《七步诗》另一版本：煮豆燃豆萁，豆在釜中泣。本是同根生，相煎何太急！

4. 相煎何急：煎煮得为什么那样急，比喻兄弟间自相残害。

5.《三国演义》中的描述：

须臾，曹植入见，惶恐伏拜请罪。丕曰：“吾与汝情虽兄弟，义属君臣，汝安敢恃才蔑礼？昔先君在日，汝常以文章夸示于人，吾深疑汝必用他人代笔。吾今限汝行七步吟诗一首。若果能，则免一死；若不能，则从重治罪，决不姑恕！”植曰：“愿乞题目。”时殿上悬一水墨画，画着两只牛，斗于土墙之下，一牛坠井而亡。丕指画曰：“即以此画为题。诗中不许犯着‘二牛斗墙下，一牛坠井死’字样。”植行七步，其诗已成。诗曰：“两肉齐道行，头上带凹骨。相遇块山下，欻起相搪突。二敌不俱刚，一肉卧土窟。非是力不如，盛气不泄毕。”曹丕及群臣皆惊。丕又曰：“七步成章，吾犹以为迟。汝能应声而作诗一首否？”植曰：“愿即命题。”丕曰：“吾与汝乃兄弟也。以此为题。亦不许犯着‘兄弟’字样。”植略不思索，即口占一首曰：“煮豆燃豆萁，豆在釜中泣，本是同根生，相煎何太急！”曹丕闻之，潸然泪下。其母卞氏，从殿后出曰：“兄何逼弟之甚耶？”丕慌忙离坐告曰：“国法不可废耳。”于是贬曹植为安乡侯。植拜辞上马而去。

练习

1. 解释加点字的意思。

文帝尝令东阿王七步中作诗____________________

2. “萁在釜下燃”中“釜”的意思是____________________。

3. 默写《七步诗》的另一个版本。

____

____

86

孙兴公作《天台赋[①]》成，以示[②]范荣期，云：“卿试掷地，要作金石声[③]。”范曰：“恐子之金石，非宫商[④]中声！”然[⑤]每至佳[⑥]句，辄云：“应是我辈语。”

注释

①赋：一种文体，兼具诗歌和散文的性质。汉代的赋比较兴盛。著名的赋有司马相如的《上林赋》《子虚赋》，贾谊的《吊屈原赋》等。

②以示：以之（代指《天台赋》）示，把……给……看。

③金石声：铿锵有力之声。后来用以比喻文辞优美动人，音调铿锵。

④宫商：五音中的两个音。五音是宫、商、角(jué)、徵(zhǐ)、羽；如按音高顺序排列，即为1(Do)、2(Re)、3(Mi)、5(Sol)、6(La)。

⑤然：然而。

⑥佳：好。

译文

孙兴公（孙绰）写成了《天台赋》，把它拿去给范荣期看，并且说："你试着把它扔到地上，定会发出金石般的声音。"范荣期说："恐怕您的金石声，不切合宫商音律。"然而每当看到优美的句子，就说："这正该是我们这些人的语言。"

练习

1. 解释加点字的意思。

然每至佳句____________________ 恐子之金石____________________

2. 翻译句子。

孙兴公作《天台赋》成，以示范荣期。

____

3. 五音除了宫商之外，还有__________________三个音。

88

袁虎少贫，尝为①人佣②载运租。谢镇西③经船行，其夜清风朗月，闻江渚（zhǔ）④间估客船上有咏诗声，甚有情致。所诵五言⑤，又其所未尝闻，叹美不能已⑥。即遣委曲⑦讯问，乃是袁自咏其所作《咏史诗》。因此相要⑧，大相赏得。

注释

①为：表示被动。

②佣：雇佣。班超年轻时"家贫，常为官佣书以供养"，即被官府雇佣抄书。

③谢镇西：谢尚，字仁祖。东晋时期名士、将领，谢安从兄。

④江渚：江中小洲，亦指江边。《三国演义》开篇词："白发渔樵江渚上，惯看秋月春风。"

⑤五言：指五言诗。

⑥已：停止。

⑦委曲：详尽，详细。

⑧要：通“邀”，邀请。

译 文

袁虎年轻时家里很穷，曾经被人雇佣去运送租粮。镇西将军谢尚坐船出游，那一夜风清月明，忽然听见江边商船上有人吟诗，很有情致。所吟诵的五言诗，又是自己过去未曾听过的，不禁感叹赞美不止。谢尚随即派人去详细询问，原来是袁虎吟咏自作的《咏史诗》。因此（谢尚）便邀请袁虎过来，对他非常赞赏，彼此十分欣赏投契。

拓 展

咏史诗：古代诗歌的一种题材。咏史诗大多是针对具体的历史事件或历史人物有所感慨或有所感悟而作。比如杜牧的《过华清宫绝句》《赤壁》等。

练 习

1. 解释加点字的意思。

叹美不能已________________ 因此相要________________

2. 翻译句子。

袁虎少贫，尝为人佣载运租。

____

所诵五言，又其所未尝闻。

____

3. 谢镇西听到袁虎吟诗和与之见面后的态度分别是怎样的？用原文回答。

____

4. 本文表现了袁虎怎样的特点？

____

方正第五

1

陈太丘[①]与友期[②]行，期日中[③]。过中不至，太丘舍[④]去[⑤]，去后乃[⑥]至。元方时年七岁，门外戏[⑦]。客问元方："尊君在不(fǒu)[⑧]？"答曰："待君久不至，已去。"友人便怒曰："非[⑨]人哉！与人期行，相委而去[⑩]。"元方曰："君与家君[⑪]期日中。日中不至，则是无信；对子骂父，则是无礼。"友人惭，下车引[⑫]之，元方入门不顾[⑬]。

注释

①陈太丘：陈寔，字仲弓，东汉颍川许县人，做过太丘长，因称"陈太丘"。

②期：约定。

③日中：正午时分。

④舍：舍弃。

⑤去：离开。

⑥乃：才。

⑦戏：玩耍，游戏。

⑧尊君在不：令尊在不在？尊君，对别人父亲的一种尊称。不，通"否"，句末语气词，表询问。

⑨非：不是。

⑩相委而去：丢下我走了。相，表示动作偏指一方。委，丢下，舍弃。

⑪家君：家父，谦词，古代对人称自己的父亲。

⑫引：拉，牵拉。这里是表示友好的动作。

⑬顾：看，回头看。

译文

陈太丘和朋友约定一起出行，约定在正午时分。过了中午朋友没有到，陈太丘丢下他离开了。太丘离开后那人才来。陈元方那年七岁，当时正在门外做游戏。客人问元方："你父亲在不在家？"元方答道："等您好久都不来，他已经离开了。"那人便愤怒地说："不是人啊！和别人约好一块出行，却丢下我自己先走了。"元方说："您跟我父亲约好正午时分一同出发，您正午不到，就是不讲信用；对着人家儿子骂他的父亲，就是不讲礼貌。"友人感到惭愧，便从车里下来想去拉元方。元方头也不回地走进了自家的大门。

拓展

对人的尊称：

别人父亲是令尊，别人母亲是令堂。

别人女儿是令嫒，别人儿子是令郎。

称呼帝王是陛下，比我大的是兄台，

一般对方是足下，岳父又可称泰山。

练习

1.解释加点字的意思。

与友期行____________ 太丘舍去____________

相委而去____________ 下车引之____________

2.翻译句子。

过中不至，太丘舍去，去后乃至。

____

与人期行，相委而去。

____

友人惭，下车引之，元方入门不顾。

____

3. “期日中，过中不至”说明陈太丘的朋友是个________的人，“友人便怒”，从友人的话中我们又看到了友人是个__________________的人，从“友人惭，下车引之”还可看出友人是个__________的人。陈元方维护了父亲的尊严，显示了聪明才智，体现这一天资的语言是“________________________”，也表现出对客人无信无礼的不满，体现不满的行动是“__________”。

4. 元方对友人的评价是________，文章想告诉我们________________。

5. 有人认为客人既已认错，陈元方就应当原谅他，而陈元方居然“入门不顾”，弄得客人尴尬至极，无地自容，这是否也应算作“无礼”？说说你的看法。

____

____

2

南阳①宗世林，魏武②同时，而甚薄③其为人，不与之交。及④魏武作司空⑤，总朝政，从容问宗曰：“可以⑥交未？”答曰：“松柏之志犹存。”世林既以忤（wǔ）⑦旨见⑧疏⑨，位不配德。文帝兄弟每造⑩其门，皆独拜床⑪下。其见礼如此。

注　释

①南阳：地名。如“南阳诸葛庐，西蜀子云亭”（诸葛是诸葛亮，子云是扬雄）。

②魏武：魏武帝曹操。

③薄：鄙薄，鄙视，轻视。另外一种意思：迫近，如日薄西山。

④及：等到。

⑤司空：古代官职名。王莽的新朝及东汉的司空，秩万石，金印紫绶。三国魏、西晋沿置，职别为文官公，开府置曹掾(yuàn)、长史、司马、主簿、舍人、从事中郎等员，为重臣加官。

⑥可以：可以凭借。

⑦忤：违背，不顺从。如“忤逆不孝”。

⑧见：表示被动。

⑨疏：疏远。另有一种意思：指古代一种的文体，如上疏就是大臣给皇帝写奏章。

⑩造：拜访。

⑪床：这里指坐具，相当于现在的榻。

译　文

南阳郡人宗世林，是和魏武帝曹操同时代的人，他很鄙视曹操的为人，不肯和曹操结交。等到曹操做了司空，总揽朝廷大权的时候，曹操从容地问宗世林：“现在可以凭借着这个结交了吗？”宗世林回答说：“我的松柏一样的意志还是存在着。”宗世林因为违背曹操的意旨被疏远，他的官职很低，和他的德行不匹配。魏文帝曹丕兄弟每次登门拜访宗世林，都是以晚辈的身份，单独跪拜在他的坐榻下。他就是受到这样的礼遇。

拓　展

松柏之志：指坚贞不屈的志节。不因为他人有权势而交往。宗世林这里是引用《论语》中的话：岁寒，然后知松柏之后凋也。

练　习

1. 下列句子中加点的字解释错误的一项是(　　)。

A．而甚薄其为人（看不起）　　B．及魏武作司空（等到）

C. 松柏之志犹存（好像）　　D. 世林既以忤旨见疏（因为）

2.用现代汉语写出下面句子的意思。

南阳宗世林，魏武同时，而甚薄其为人，不与之交。

____

文帝兄弟每造其门，皆独拜床下。

____

3.你如何看待文中宗世林的“松柏之志”？请结合文章谈谈你的看法。

____

____

3

魏文帝受禅①，陈群有戚容②。帝问曰：“朕③应天受命，卿何以④不乐？”群曰：“臣与华歆，服膺（yīng）⑤先⑥朝，今虽欣圣化，犹义形于色。”

注　释

①受禅：接受禅让。禅让：中国古代统治权转移的一种方式，皇帝把帝位让给他人。

②戚容：忧伤的脸色。戚，忧愁，悲伤。另外，戚有斧头的意思，如“刑天舞干戚”。

③朕：皇帝的自称。这种称呼是从秦始皇开始的，君主还可以自称为寡人、孤等。

④何以：为什么。

⑤服膺：衷心信服，衷心信奉。

⑥先：以前，之前。

译 文

魏文帝接受汉献帝禅让当了皇帝，陈群露出愁苦悲伤的神色。文帝问他说：“朕顺应天命登上帝位，你为什么不高兴？”陈群回答说：“臣和华歆衷心侍奉之前的汉朝，现在虽然欣逢盛世，但是怀念故主恩义的心情，还是不免要流露出来。”

练 习

1. 解释加点字的意思。

陈群有戚容________________ 犹义形于色____________________

2. 翻译句子。

朕应天受命，卿何以不乐？

____

5

诸葛亮之次①渭②滨，关中③震动。魏明帝深惧晋宣王④战，乃遣辛毗(pí)为⑤军司马。宣王既与亮对渭而陈⑥，亮设诱谲(jué)万方⑦。宣王果大忿，将欲应之以重兵。亮遣间谍觇(chān)⑧之，还曰：“有一老夫，毅然仗黄钺(yuè)⑨，当军门立，军不得出。”亮曰：“此必辛佐治也。”

注 释

①次：驻扎，停留。唐诗《次北固山下》题目中的“次”也是此意。

②渭：渭河。有成语“泾渭分明”。

③关中：指“四关”之内，即东函谷、西散关、南武关、北萧关。关中地区位于现陕西省中部，包括西安、咸阳、宝鸡、渭南等地。

④晋宣王：指司马懿。

⑤为：担任。

⑥陈：通“阵”，列阵。

⑦方：方法。

⑧觇：侦查，暗中察看。

⑨钺：一种武器，为天子专用，或赐给有主持征伐之权的大臣。

译 文

诸葛亮的军队驻扎在渭水边上的时候，关中地区人心震动。魏明帝非常害怕晋宣王司马懿出战，便派辛毗去担任军司马。司马懿和诸葛亮隔着渭水摆下阵势以后，诸葛亮千方百计地设法诱骗他出战。司马懿果然非常愤怒，就想要用重兵来对付诸葛亮。诸葛亮派间谍去侦察敌情，间谍回来说：“有一个老人拿着黄钺，面对军营门站着，军队都不能出来。”诸葛亮说：“这一定是辛佐治呀。”

拓 展

《三国演义》节选：

且说孔明自引一军屯于五丈原，累令人搦战，魏兵只不出。孔明乃取巾帼并妇人缟(gǎo)素之服，盛于大盒之内，修书一封，遣人送至魏寨。诸将不敢隐蔽，引来使入见司马懿。懿对众启盒视之，内有巾帼妇人之衣，并书一封。懿拆视其书，略曰：“仲达既为大将，统领中原之众，不思披坚执锐，以决雌雄，乃甘窟守土巢，谨避刀箭，与妇人又何异哉！今遣人送巾帼素衣至，如不出战，可再拜而受之。倘耻心未泯，犹有男子胸襟，早与批回，依期赴敌。”司马懿看毕，心中大怒，乃佯笑曰：“孔明视我为妇人耶！”即受之，令重待来使。懿问曰：“孔明寝食及事之烦简若何？”使者曰：“丞相夙兴夜寐，罚二十以上皆亲览焉。所啖之食，日不过数升。”懿顾谓诸将曰：“孔明食少事烦，其能久乎？”

使者辞去，回到五丈原，见了孔明，具说："司马懿受了巾帼女衣，看了书札，并不嗔怒，只问丞相寝食及事之烦简，绝不提起军旅之事。某如此应对，彼言：'食少事烦，岂能长久？'"孔明叹曰："彼深知我也！"

练 习

1. 解释加点字的意思。

诸葛亮之次渭滨________ 宣王既与亮对渭而陈________

2. 翻译句子。

宣王果大忿，将欲应之以重兵。

____

3. 辛毗有怎样的性格特点？

____

6

夏侯玄既被①桎梏(zhìgù)②，时钟毓(yù)为③廷尉④，钟会先不与⑤玄相知，因⑥便狎(xiá)⑦之。玄曰："虽复刑余之人⑧，未敢闻命⑨！"考掠⑩，初无一言，临刑东市⑪，颜色⑫不异。

注 释

①被：遭遇，遭受。

②桎梏：古代刑具，脚镣和手铐。戴上刑具，就是被捕了。

③为：担任。

④廷尉：掌管诉讼刑狱的官员。

⑤与：和。

⑥因：趁机。

⑦狎：亲近而不庄重。

⑧刑余之人：受过刑的人，指犯罪的人。多用于犯人自称。

⑨闻命：听从命令。

⑩考掠：拷问，刑讯。

⑪东市：法场，执行死刑的地方。汉代的法场在东市，后来以此指代法场。

⑫颜色：容颜，脸色。

译文

夏侯玄被逮捕了，当时钟毓担任廷尉，他弟弟钟会先前和夏侯玄不相交好，这时钟会趁机对夏侯玄有不庄重的举动（套近乎）。夏侯玄说："我虽然是罪人，也还不敢听从你的命令（不愿与你交往）。"夏侯玄经受刑讯拷打，始终不出一声，等到被送到东市法场行刑，也依然面不改色。

对比阅读

《世语》曰：玄至廷尉，不肯下辞。廷尉钟毓自临治玄。玄正色责毓曰："吾当何辞？卿为令史责人也，卿便为吾作。"毓以其名士，节高不可屈，而狱当竟，夜为作辞，令与事相附，流涕以示玄。玄视，颔之而已。毓弟会，年少于玄，玄不与交，是日于毓坐狎玄，玄不受。孙盛《杂语》曰：玄在囹圄，会因欲狎而友玄，玄正色曰："钟君何相逼如此也！"——《三国志》

练习

1.解释加点的字或词语。

时钟毓为廷尉____________ 颜色不异____________

2.翻译句子。

虽复刑余之人，未敢闻命！

____

10

诸葛jìng靓[1]后入晋，除[2]大司马，召不起[3]。以[4]与晋室有chóu雠[5]，常背洛水而坐。与武帝有旧[6]，帝欲见之而无由[7]，乃请诸葛妃呼靓。既来，帝就[8]太妃间相见。礼毕，酒hān酣，帝曰："卿故复忆竹马之好[9]不？"靓曰："臣不能吞炭漆身[10]，今日复睹[11]圣颜。"因涕泗[12]百行。帝于是惭悔而出。

注　释

①诸葛靓：魏晋时人，父亲诸葛诞在讨伐晋朝皇帝司马昭中战败被杀，所以与晋朝有杀父之仇，文中诸葛太妃是他的姐姐。

②除：授予官职。

③召不起：征召不受。

④以：因为。

⑤雠：同"仇"。

⑥旧：旧情，老交情。

⑦由：原因。

⑧就：靠近。

⑨竹马之好：比喻儿童时代的交情。竹马，儿童用来当马骑的竹竿。

⑩吞炭漆身：比喻为父报仇。据《史记·刺客列传》载：战国时期韩、赵、魏三家灭了智伯，智伯的家臣豫让为报智伯的知遇之恩，就用漆涂身，使身上长癞疮，以改变形貌；吞炭弄坏嗓子，使声音沙哑。毁容变音，使人不识，再去报仇。

⑪睹：看。

⑫涕泗：眼泪和鼻涕。

译文

诸葛靓后来才到晋朝，被任命为大司马（被授予大司马的官职），他不肯应召赴任。因为（他）和晋朝皇帝有杀父之仇，常常背对洛河的方向坐着。他和晋武帝有老交情，武帝很想见他，却又找不到缘由，就请诸葛太妃招呼诸葛靓来。诸葛靓来了之后，武帝到太妃那里和他见面。行礼后就开始喝酒，喝到痛快的时候，武帝问："你还记得我们小时候的交情吗？"诸葛靓说："臣不能吞炭漆身报杀父之仇，今天又看到了圣上。"说完便又是眼泪又是鼻涕地哭了起来。武帝于是既惭愧又懊悔地退了出去。

对比阅读

帝与靓有旧，靓姊为琅邪王妃，帝知靓在姊间，因就见焉。靓逃于厕，帝又逼见之，谓曰："不谓今日复得相见！"靓流涕曰："臣不能漆身皮面，复睹圣颜，诚为惭恨！"诏以为侍中；固辞不拜，归于乡里，终身不向朝廷而坐。

——《资治通鉴》

练习

1. 解释加点字的意思。

除大司马________________ 与武帝有旧________________________

2. 翻译句子。

帝曰："卿故复忆竹马之好不？"

____

既来，帝就太妃间相见。

____

26

周叔治作晋陵太守，周侯、仲智往别。叔治以将别，涕泗不止。仲智恚(huì)[①]之曰："斯[②]人乃妇女，与人别唯啼泣！"便舍[③]去。周侯独留，与饮酒言话，临别流涕，抚其背曰："奴[④]好自爱。"

注　释

①恚：愤怒，生气。

②斯：这，这个。

③舍：舍弃。

④奴：同"阿奴"，旧时尊对卑或长对幼的爱称。有时候自己的谦称也可以用奴。

译　文

周叔治要去担任晋陵太守，周侯和仲智前往给他送别。叔治因为兄弟就要分别了，哭得眼泪鼻涕停不下来。仲智很恼恨他的行为（对他的行为很生气），说："你这个人像是个妇女，和人家告别，只会哭哭啼啼。"便抛下他离开了。周侯独自留下来，和他喝酒说话，临别时流着泪，拍着他的背说："你要好好地爱惜自己！"

练　习

1.解释加点字的意思。

便舍去＿＿＿＿＿＿＿＿　斯人乃妇女＿＿＿＿＿＿＿＿

2.翻译句子。

周侯独留，与饮酒言话，临别流涕。

＿＿＿＿＿＿＿＿＿＿＿＿＿＿＿＿＿＿＿＿＿＿＿＿

雅量第六

1

豫章太守顾邵(shào)①，是②雍③之子。邵在郡卒④，雍盛⑤集僚属⑥，自围棋。外启⑦信至，而无儿书，虽神气不变，而心了⑧其故。以爪掐掌，血流沾褥(rù)。宾客既散，方⑨叹曰："已无延陵⑩之高，岂可有丧明⑪之责？"于是豁(huò)情散哀，颜色⑫自若。

注释

①顾邵：字孝则，三国时吴国人，官至豫章太守。

②是：此处为判断词。同类型的还有《资治通鉴·赤壁之战》里的"巨是凡人"。

③雍：顾雍，字元叹，顾邵的父亲，曾任会稽丞，行太守事，在吴任丞相，任职十九年。

④卒：死。

⑤盛：大。

⑥僚属：下属。

⑦启：启禀，禀报。

⑧了：明白。现在有"明了"这个词。

⑨方：才。

⑩延陵：指延陵季子，是春秋时吴王寿梦第四子，也称"公子札""季札"，是个品格高尚的人。据《礼记》记载，季札在儿子死后埋葬时很平静地说："骨肉重新回到土里是命里注定的。他的魂魄则到处都可以存在。"孔

子评价他这种态度合于礼。顾雍用“延陵之高”来表示对丧子持坦然的态度。

⑪丧明：丧失光明，就是哭瞎眼睛。《礼记·檀弓》中说，子夏死了儿子后，把眼睛哭瞎了。曾子批评他的这种行为，子夏听后连连认错。这里用“丧明之责”来表示儿子死后因哀毁过礼而受到责备。

⑫颜色：容颜，脸色。

译文

豫章太守顾邵，是顾雍的儿子。顾邵在豫章郡死去，当时顾雍正大聚下属饮酒作乐，他亲自下围棋。外面禀报说豫章有送信人到了，却没有他儿子的书信，顾雍虽然神态不变，可是心里已经明白其中的缘故。他用指甲紧掐手掌，血流出来沾湿了座褥。宾客散去以后，他才叹气说：“我已经不可能有延陵季子那么坦然，难道可以哭瞎眼睛而受人责备吗？”于是就放开胸怀，驱散哀痛之情，脸色变得和之前一样（神色自若）。

拓展

相传尧的儿子丹朱没有什么才能（不肖），而且性情暴烈，所以尧发明了围棋，让他能够静下心来，修身养性。后来，丹朱很擅长围棋。

练习

1. 解释加点的字或词语。

邵在郡卒____________________ 颜色自若____________________

2. 翻译句子。

外启信至，而无儿书，虽神气不变，而心了其故。

____

3. 顾雍遇事____________________。

2

嵇中散① 临刑东市，神气② 不变。索③ 琴弹之，奏《广陵散》④。曲终曰："袁孝尼尝请学此散，吾靳(jìn)⑤ 固⑥ 不与，《广陵散》于今绝⑦ 矣！"太学生⑧ 三千人上书，请以为⑨ 师，不许⑩。文王亦寻⑪ 悔焉。

注　释

①嵇中散：嵇康。三国时期魏国思想家、音乐家、文学家，是"竹林七贤"的精神领袖。他曾经当过"中散大夫"这个官，所以被叫作"嵇中散"。后来钟会诬陷他，他被司马昭（即文中的文王）杀了。

②神气：神色气度。

③索：要，索取。

④《广陵散》：古代著名的琴曲。

⑤靳：吝惜。

⑥固：坚决。

⑦绝：断绝。

⑧太学生：太学是古代的最高学府，太学生就是在里面读书的学生。

⑨以为：以（之）为，把他当作。

⑩许：允许，答应。

⑪寻：不久。

译　文

嵇康在东市法场将要被处决时，神态不变，向人索要琴来弹，弹奏了《广陵散》。弹完后说："袁孝尼曾经请求学这支曲子，我吝惜，坚决不肯传给他，《广陵散》从今以后要失传了！"当时，三千名太学生上书，请求拜他为师，朝廷不准许。文王司马昭不久之后也后悔了。

对比阅读

嵇康尝游会稽，宿华阳亭，引琴而弹。忽客至，自称古人，与谈音律，辞致清辨，索琴而弹曰："此《广陵散》也。"声调绝伦，遂授于康，誓不传人，不言姓而去。及康将刑东市，顾日影曰："昔袁孝尼尝从吾学《广陵散》，吾每靳，而今绝矣。"海内至今，莫不痛惜。——《晋书》

练习

1.解释加点字的意思。

不许________________ 文王亦寻悔焉________________

2.翻译下面的句子。

吾靳固不与，《广陵散》于今绝矣！

____

3.选文讲的是嵇中散在刑场上"__________""__________"（用原文回答），最终被文王所害，慷慨赴死的故事，从中可以看出嵇中散是一个_______的人。

4.文中写三千太学生求情和司马文王后悔的目的是什么？

____

4

王戎[①]七岁，尝与诸小儿游[②]。看道边李树多子折枝。诸儿竞[③]走[④]取之，唯戎不动。人问之，答曰："树在道边而多子，此必苦李。"取之，信[⑤]然[⑥]。

注释

① 王戎："竹林七贤"之一。曾经担任尚书令、司徒等高官。

② 游：游玩。

③竞：比赛，互相争胜。

④走：跑。

⑤信：确实。

⑥然：这样。

译文

王戎七岁的时候，曾经和一些小孩儿出去游玩，看见路边的李树上长了很多果实，都要把树枝压折了。小孩儿们争相跑去摘李子，只有王戎站着不动。别人问他，他回答说："树长在路边，还有这么多李子，这一定是苦的李子。"（其他人）摘李子来一尝，确实是这样的。

练习

1. 解释加点的字或词语。

诸儿竞走取之__________ 信然__________

2. 翻译句子。

尝与诸小儿游。

____

3. "唯戎不动"的原因是什么？

____

4. 开始写"王戎七岁"，后面写"唯戎不动"，这样写的原因是什么？

____

5

魏明帝于宣武场上断虎爪牙，纵①百姓观之。王戎七岁，亦往看。虎承间②攀栏而吼，其声震地，观者无不辟③易颠仆④。戎湛（zhàn）然⑤不动，了⑥无恐色。

注 释

①纵：放任，任凭。

②承间：趁着空隙，趁机。

③辟：通“避”，躲避。

④仆：倒下。

⑤湛然：安然的样子。

⑥了：全，完全。

译 文

魏明帝在宣武场上弄断老虎的爪牙，任凭百姓观看。王戎当时七岁，也去看。老虎乘隙攀住栅栏大吼，吼声震天动地，围观的人没有不吓得退避不迭，跌倒在地的。王戎却平平静静，一动不动，完全没有害怕的神色。

对比阅读

王戎，字濬冲，琅邪临沂人也。祖雄，幽州刺史。父浑，凉州刺史、贞陵亭侯。戎幼而颖悟，神彩秀彻。视日不眩，裴楷见而目之曰：“戎眼灿灿，如岩下电。”年六七岁，于宣武场观戏，猛兽在槛中虓(xiāo)吼震地，众皆奔走，戎独立不动，神色自若。魏明帝于阁上见而奇之。又尝与群儿嬉于道侧，见李树多实，等辈竞趣之，戎独不往。或问其故，其曰：“树在道边而多子，必苦李也。”取之信然。——《晋书》

练 习

1.解释加点字的意思。

观者无不辟易颠仆________________

2.翻译句子。

戎湛然不动，了无恐色。

____

3. 虎声震地时，作者用什么手法来写观众和王戎的表现？这样写有什么好处？

____

4. 为什么王戎不害怕老虎？

____

19

郗(xī)太傅在京口①，遣门生②与王丞相书③，求女婿。丞相语④郗信⑤："君往东厢，任意选之。"门生归，白⑥郗曰："王家诸郎，亦皆可嘉⑦，闻来觅婿，咸⑧自矜持⑨。唯有一郎，在东床上坦腹卧，如不闻。"郗公云："正此好！"访之，乃是逸少⑩，因⑪嫁女与焉。

注释

①京口：地名，在今江苏镇江。王安石有诗句"京口瓜洲一水间"。辛弃疾有《京口北固亭怀古》。

②门生：求取知识学问的学生，或者是受到有知识与德望的人家与学术界长者授业之人的称呼。泛指学生与弟子。

③书：书信。

④语：告诉。

⑤信：送信的人，信使。也就是上文说的门生。

⑥白：说，告诉。

⑦嘉：夸奖，赞赏，赞美。

⑧咸：全，都。

⑨矜持：局促，拘束。这里指故作姿态，以示不凡，不自然的样子。

⑩逸少：王羲之，字逸少，书法成就突出，世人称之为“书圣”。

⑪因：于是。

译 文

郗太傅在京口的时候，派门生给王丞相送信，想在他家挑个女婿。王丞相告诉郗太傅的信使说：“您到东厢房去，随意挑选吧。”门生回去告诉郗太傅说：“王家的那些公子都值得夸奖，听说来挑女婿，就都拘谨起来，只有一个公子在东边床上袒胸露腹地躺着，好像没有听见一样。”郗太傅说：“正是这个好！”询问他（是谁），原来是王羲之，便把女儿嫁给他。

拓 展

东床快婿：指为人豁达，才能出众的女婿。是女婿的美称。

对比阅读

时太尉郗鉴使门生求女婿于导，导令就东厢遍观子弟。门生归，谓鉴曰：“王氏诸少并佳，然闻信至，咸自矜持。惟一人在东床坦腹食，独若不闻。”鉴曰：“正此佳婿邪！”访之，乃羲之也，遂以女妻之。——《晋书》

练 习

1. 解释加点字的意思。

遣门生与王丞相书＿＿＿＿＿＿＿＿　丞相语郗信＿＿＿＿＿＿＿＿

白郗曰＿＿＿＿＿＿＿＿　咸自矜持＿＿＿＿＿＿＿＿

2. 翻译句子。

唯有一郎，在东床上坦腹卧，如不闻。

＿＿＿＿＿＿＿＿＿＿＿＿＿＿＿＿＿＿＿＿＿＿＿＿

3.郗太傅为什么决定把女儿嫁给王逸少？王逸少是谁？后来人们称他为什么？

22

顾和始为①扬州从事。月旦②当朝，未入顷，停车州门外。周侯诣③丞相，历④和车边。和觅虱，夷然⑤不动。周既过，反⑥还，指顾心曰："此中何所有？"顾搏虱如故⑦，徐⑧应曰："此中最是难测地。"周侯既入，语⑨丞相曰："卿州吏中有一令仆⑩才。"

注释

①为：担任。

②月旦：农历每月初一。

③诣：拜访。

④历：经过。

⑤夷然：平淡的样子。

⑥反：通"返"，返回。

⑦故：以前。

⑧徐：慢慢地。

⑨语：告诉。

⑩令仆：尚书令、仆射，泛指宰辅。

译文

顾和起初担任扬州州府从事，到初一该见长官了，他还没有进府，暂时在州府门外停下车。周侯去拜访丞相，经过顾和的车子，顾和正在抓虱子，安闲自在，没有理他。周侯已经过去了，又返回来，指着顾和的胸口问道："这里面有什么？"顾和像之前一样抓虱子，慢慢地回答说："这里面是最难捉摸的地方。"周侯进府后，告诉王丞相说："你的下属里有一个可做宰辅的人才。"

拓 展

扪虱而谈：一面捺着虱子，一面谈着。形容谈吐从容，无所畏忌。

《晋书·王猛传》："桓温入关，猛被褐而诣之，一面谈当世之事，扪虱而言，旁若无人。"

东晋时期，有个人叫王猛，从小好学，才能卓越，胸怀大志，不屑于琐碎事务，人们都轻视他。王猛却悠然自得，隐居于华阴。当他听说桓温入关后，便披着粗布衣服去拜访他，边摸着虱子边谈论当时的大事，旁若无人。桓温觉得他与众不同，便问道："我奉天子之命，统帅十万精兵为百姓消灭残存的寇贼，然而三秦的豪杰之士至今没有人前来归附，这是为什么呢？"王猛说："您不远数千里，深入敌土，如今长安近在咫尺而您却不横渡灞水，百姓们不知道您的意图，所以不来。"桓温沉默不语，无以应答，过了一会儿说："长江以南没有人能和你相比！"于是就安排王猛暂任军谋祭酒。

想一想，顾和身上有虱子，是他不讲卫生吗？

练 习

1. 解释加点字的意思。

周侯诣丞相________________ 语丞相曰________________

2. 翻译句子。

周既过，反还，指顾心曰："此中何所有？"

____

顾搏虱如故，徐应曰："此中最是难测地。"

____

3.联系上下文，说说周侯为什么向丞相推荐说“卿州吏中有一令仆才”？

____

35

谢公[①]与人围棋，俄而[②]谢玄淮上信至。看书[③]竟[④]，默然无言，徐向局。客问淮上利害[⑤]？答曰：“小儿辈大破贼。”意色[⑥]举止，不异[⑦]于常。

注　释

①谢公：谢安。

②俄而：不久，一会儿。

③书：书信。

④竟：完，完成。比如“实现他未竟的事业”。

⑤利害：胜败情况。

⑥意色：神情和脸色。

⑦异：不同。

译　文

谢安和客人下围棋，一会儿谢玄从淮水战场派出的信使到了，谢安看完信，默不作声，又慢慢地下起棋来。客人问他战场上的胜败情况，谢安回答说：“孩子们大破贼兵。”说话间，神色举动和平时没有不同。

拓　展

1.淝水之战：历史上著名的以少胜多的战役。东晋以谢安、谢玄为主要指挥者，以8万兵力打败了前秦苻坚的80万兵力，并留下了风声鹤唳、草木皆兵、投鞭断流等成语。

2.表示短时间、一会儿、片刻的词，除了这里的俄而之外，还有少间、斯须、未几、少顷、有顷、顷之、须臾、已而、寻、无何、居有间等。

对比阅读

谢安得驿书，知秦兵已败，时方与客围棋，摄书置床上，了无喜色，围棋如故。客问之，徐答曰："小儿辈遂已破贼。"既罢，还内，过户限，不觉屐齿之折。——《资治通鉴》

玄等既破坚，有驿书至，安方对客围棋，看书既竟，便摄放床上，了无喜色，棋如故。客问之，徐答云："小儿辈遂已破贼。"既罢，还内，过户限，心喜甚，不觉屐齿之折，其矫情镇物如此。——《晋书》

练 习

1.解释加点的字或词语。

俄而谢玄淮上信至__________ 徐向局__________

2.翻译句子。

意色举止，不异于常。

____

3.从这个故事中，你可以看出来谢公有什么性格？

____

36

王子猷(yóu)、子敬①曾俱②坐一室，上③忽发火。子猷遽④走⑤避，不惶⑥取屐；子敬神色恬(tián)然⑦，徐唤左右，扶凭而出，不异平常。世以此定二王神宇⑧。

注 释

①王子猷、子敬：子猷，王徽之，王羲之的儿子。王子敬是王献之，也是王羲之的儿子，著名书法家，和王羲之并称为“二王”。

②俱：一起。

③上：上面，指屋子上面。

④遽：急忙，迅速。

⑤走：跑。

⑥惶：通“遑”，空闲。

⑦恬然：安然，不在意的样子。

⑧神宇：胸襟气度。

译 文

王子猷和子敬曾经同坐在一个房间里，房子上面忽然起火了。子猷急忙逃跑躲避，都来不及取木屐穿；子敬却神色安然，毫不在意，慢悠悠地叫来随从，搀扶着再走出去，跟平时没什么不同。世人从这件事上判定王氏兄弟胸襟气度的高下。

对比阅读

尝与徽之共在一室，忽然火发，徽之遽走，不遑取履。献之神色恬然，徐呼左右扶出。夜卧斋中而有偷人入其室，盗物都尽。献之徐曰：“偷儿，青毡我家旧物，可特置之。”群偷惊走。——《晋书》

练 习

1. 解释加点字的意思。

子猷遽走避__________ 子敬神色恬然__________

2. 翻译句子。

子敬神色恬然，徐唤左右，扶凭而出，不异平常。

____

识鉴第七

1

曹公[①]少时见乔玄[②]，玄谓曰：“天下方[③]乱，群雄虎[④]争，拨[⑤]而理之，非君乎？然[⑥]君实乱世之英雄，治世之奸贼。恨[⑦]吾老矣，不见君富贵，当以子孙相累[⑧]。”

注 释

①曹公：指曹操，字孟德。

②乔玄：字公祖，东汉人，官至尚书令。

③方：正，正在。

④虎：像虎一样。名词作状语。

⑤拨：整顿。

⑥然：然而。

⑦恨：遗憾。

⑧累：牵累，带累。

译 文

曹操年轻时去见乔玄，乔玄对他说：“天下正动乱不定，各路豪强像老虎一样争夺天下，能拨乱反正治理天下的，难道不是您吗？然而您实在是乱世中的英雄，盛世中的奸贼。很遗憾我老了，看不到您享受富贵荣华，我要把子孙托付给您照顾。”

对比阅读

尝问许子将："我何如人？"子将不答。固问之，子将曰："子治世之能臣，乱世之奸雄。"太祖大笑。——《三国志》

练习

1.解释加点字的意思。

天下方乱________ 然君实乱世之英雄________

2.翻译句子。

恨吾老矣，不见君富贵，当以子孙相累。

____

3.在乔玄眼中，曹操是________。（用原文回答）说明乔玄是个________的人。

7

石勒(lè)①不知书②，使③人读《汉书》④。闻⑤郦食其(lì yì jī)劝立六国后，刻印将授之，大惊曰："此法当失，云何得遂有天下？"至留侯⑥谏(jiàn)⑦，乃曰："赖有此耳！"

注释

①石勒：字世龙，羯族，曾聚众起义，于晋元帝太兴二年（319）自称赵王，建立后赵政权，晋成帝咸和四年（329）灭前赵，称帝后不久病死。

②不知书：不识字。

③使：让。

④《汉书》：作者是班固，我国第一部断代史，与《史记》《后汉书》《三

国志》并称前四史。

⑤闻：听说。

⑥留侯：张良，字子房，曾在博浪沙锤击秦始皇未中，后率众归汉，是刘邦的重要谋士。汉朝建立后，他被封为留侯。

⑦谏：进谏，古代称规劝君主或尊长，使改正错误。

译　文

石勒不识字，让别人读《汉书》给他听。他听到郦食其劝刘邦把六国的后代立为王侯，刘邦刻好了印，将要授予爵位，石勒大惊说："这种做法应当会失去天下，怎么能说最终得到天下呢？"当听到留侯张良向刘邦进谏劝阻时，说："多亏有这个人呀！"

拓　展

《汉书》中记载，高祖（刘邦）曰："运筹帷幄之中，决胜千里之外，吾不如子房；镇国家，抚百姓，给饷馈，不绝粮道，吾不如萧何；连百万之众，战必胜，攻必取，吾不如韩信。此三者，人杰也，吾能用之，此吾所以取天下也。项羽有一范增而不能用，此其所以为我擒也。"后来人们把张良、萧何、韩信称为"汉初三杰"。

对比阅读

勒虽不学，好使诸生读书而听之，时以其意论古今得失，闻者莫不悦服。尝使人读《汉书》，闻郦食其劝立六国后，惊曰："此法当失，何以遂得天下？"及闻留侯谏，乃曰："赖有此耳！"——《资治通鉴》

勒雅好文学，虽在军旅，常令儒生读史书而听之，每以其意论古帝王善恶，朝贤儒士听者莫不归美焉。尝使人读《汉书》，闻郦食其劝立六国后，大惊曰："此法当失，何得遂成天下！"至留侯谏，乃曰："赖有此耳。"其天资英达如此。——《晋书》

练　习

1. 解释加点字的意思。

使人读《汉书》________________ 闻郦食其劝立六国后________________

2. 翻译句子。

此法当失，云何得遂有天下？

____

8

卫玠[①]年五岁，神衿(jīn)[②]可爱。祖[③]太保曰："此儿有异，顾[④]吾老，不见其大耳！"

注　释

①卫玠：晋代玄学家，中国古代四大美男之一。

②神衿：神情气度。衿，古代服装下连到前襟的衣领。

③祖：祖父。祖父也可以叫作大父。

④顾：只是，但。

译　文

卫玠五岁时，神情气度十分可爱。祖父卫太保说："这孩子有跟别人不同的地方（与众不同），只是我老了，看不到他长大后的成就了！"

拓　展

古代四大美男：潘安、宋玉、卫玠、兰陵王。

对比阅读

玠字叔宝，年五岁，风神秀异。祖父瓘曰：“此儿有异于众，顾吾年老，不见其成长耳！”——《晋书》

练习

翻译句子。

此儿有异，顾吾老，不见其大耳！

____

10

张季鹰[1]辟[2]齐王东曹掾(yuàn)[3]，在洛[4]见秋风起，因思吴中[5]菰(gū)菜[6]羹、鲈鱼脍[7]，曰：“人生贵得适意尔[8]，何能羁(jī)宦[9]数千里以要[10]名爵！”遂命驾便归。俄而[11]齐王败，时人皆谓为见机[12]。

注释

①张季鹰：张翰，晋代文学家。

②辟：征召，授予官职。

③曹掾：分曹治事的属吏，胥吏。

④洛：洛阳。

⑤吴中：苏州地区，张翰的家乡。

⑥菰菜：就是茭白，南方的一种蔬菜。

⑦脍：细切的肉。

⑧尔：通“耳”，而已，罢了。

⑨羁宦：在外地做官。羁：束缚，拘束。

⑩要：求，谋求。

⑪俄而：不久，一会儿。

⑫见机：事前洞察事情变化的迹象。

译文

张季鹰被征召为齐王的东曹属官，在洛阳看见秋风吹起了，于是思念老家吴中的美食菰菜羹和鲈鱼脍，说道："人生可贵的是能够顺心而已，怎么能远离家乡到几千里外做官，来追求名声和爵位呢！"于是就命人驾车回去了。不久齐王失败，当时人们都认为他能提前洞察事情的动向（有远见）。

拓展

休说鲈鱼堪脍，尽西风，季鹰归未？——辛弃疾《水龙吟》

对比阅读

张翰、顾荣皆虑及祸，翰因秋风起，思菰菜、莼羹、鲈鱼鲙，叹曰："人生贵适志耳，富贵何为！"即引去。——《资治通鉴》

翰因见秋风起，乃思吴中菰菜、莼羹、鲈鱼脍，曰："人生贵得适志，何能羁宦数千里以要名爵乎！"遂命驾而归。——《晋书》

练习

1.解释加点的字或词语。

张季鹰辟齐王东曹掾________ 俄而齐王败________

2.翻译句子。

人生贵得适意尔，何能羁宦数千里以要名爵！

____

13

王大将军①始下②，杨朗③苦谏不从，遂为王致力，乘“中鸣云露车④”径⑤前⑥曰：“听下官鼓音，一进而捷⑦。”王先把⑧其手曰：“事克⑨，当相用为⑩荆州。”既而⑪忘之，以为南郡。王败后，明帝收⑫朗，欲杀之。帝寻⑬崩⑭，得免。后兼三公，署⑮数十人为官属。此诸人当时并无名，后皆被知遇⑯，于时称其知人⑰。

注释

①王大将军：王敦。他曾帮助司马睿建立东晋，后来发动叛乱，死后被枭首示众。

②下：顺江而下。

③杨朗：字世彦，曾任南郡太守，官至雍州刺史。

④中鸣云露车：云车，又名楼车，车上有望楼可以观察敌情，车中置鼓锣以指挥军队进退。

⑤径：直接。

⑥前：上前。

⑦捷：战胜，胜利。比如平型关大捷。

⑧把：握，拉。

⑨克：战胜，引申为成功。

⑩为：担任。

⑪既而：不久。

⑫收：收押，逮捕。

⑬寻：不久。

⑭崩：皇帝死叫崩。

⑮署：任用，委任。

⑯知遇：赏识，厚待。

⑰知人：了解别人，识别人才。

译 文

王大将军（王敦）刚顺江而下（进军京城）的时候，杨朗极力向他进谏，他不听从，杨朗于是尽力帮他。杨朗乘坐着“中鸣云露车”直接上前说：“听我的鼓音，一次进攻就能获胜。”王敦拉住他的手说：“事情成功了，应当任用你来掌管荆州。”不久（王敦）就忘了这话，把他（杨朗）派到南郡做太守。王敦失败后，晋明帝下令逮捕了杨朗，想杀掉他。明帝过了不久死了，杨朗得以免死。后来杨朗兼任三公曹，任命了几十人做属官。这些人在当时都没有什么名气，后来又都受到赏识重用，当时人们称赞他能识别人才。

拓 展

古代的死

《礼记·曲礼下》：“天子死曰崩，诸侯曰薨，大夫曰卒，士曰不禄，庶人曰死。”

死，专用于庶人，即指无官爵的平民百姓和官府的低级官员、差役的死。“死”的本义就是指人死，由人死引申为动物的死。

殇（shāng），古代称未成年人死为殇。

殒（yǔn），古代泛指死亡。

缢（yì），古代称吊死或绞杀。

殪（yì），古代称被射死、杀死。

殂（cú），泛指死亡。

圆寂，专指和尚的死，也叫“坐化”。

登仙，专指道士之死，也称“羽化”。

练 习

1.解释加点字的意思。

乘“中鸣云露车”径前________________ 王先把其手曰______________

2.翻译句子。

帝寻崩，得免。

____

事克，当相用为荆州。

____

3.杨朗是个怎样的人？

____

19

小庾[1]临终，自表以子园客为代。朝廷虑其不从命，未知所遣，乃共议用桓(huán)温。刘尹曰：“使伊[2]去，必能克[3]定西楚，然恐不可复[4]制[5]。”

注 释

①小庾：庾翼，是庾亮的弟弟。东晋时期的将领、书法家。他姐姐是当时的皇后。

②伊：第三人称代词。

③克：攻克。

④复：再，重新。

⑤制：控制。

译文

庾翼将要死的时候，亲自上奏章推荐自己的儿子园客代理职务。朝廷担心他不肯服从命令，不知该派谁去接替庾翼职务好，于是一同商议任用桓温为荆州刺史。丹阳尹刘真长说："派他去，一定能攻克并安定西部地区，可是恐怕以后就再也控制不了他了。"

拓展

表：一种文体，给皇帝上的奏章，著名的有《出师表》《陈情表》。其他的给皇帝上的奏章还有"疏"，著名的有《论积贮疏》《谏太宗十思疏》。

练习

1.解释加点字的意思。

小庾临终________ 必能克定西楚________

2.翻译句子。

使伊去，必能克定西楚，然恐不可复制。

____

22

郗超与谢玄不善。苻坚将问晋鼎①，既已狼②噬(shì)梁、岐，又虎③视淮阴④矣。于时朝议遣玄北讨，人间颇有异同之论。唯超曰："是必济⑤事。吾昔尝与共在桓宣武府，见使才皆尽，虽履屐之间⑥，亦得其任。以此推之，容必能立勋。"元⑦功既举⑧，时人咸叹超之先觉，又重其不以爱憎匿(nì)⑨善。

注释

①问鼎：图谋夺取政权或者吞灭别的国家。问晋鼎就是要侵略消灭晋朝。

②狼：像狼一样，名词做状语。

③虎：像虎一样，名词做状语。

④阴：山北水南为阴。

⑤济：成功。

⑥履屐之间：或说成履屐间，形容小事。

⑦元：大。

⑧举：攻克。《阿房宫赋》中有“戍卒叫，函谷举”。这里引申为成功。

⑨匿：藏匿，隐藏。

译 文

郗超和谢玄关系不好。苻坚将要灭掉晋朝，已经像狼一样吞并了梁、岐一带，又像虎一样看着淮水南岸地区。在当时朝廷商议派谢玄北伐，人们对这很有些不同的意见。只有郗超说：“这个人一定能够成功。我过去曾经和他在桓宣武府共事，发现他用人都能让人尽其才，即使是小事，也能使各人得到适当安排。从这里推断，想必他能建立功勋。”谢玄大功告成以后，当时人们都赞叹郗超有先见之明，又敬重他不因为个人的爱憎而埋没别人的长处。

练 习

1.解释加点字的意思。

郗超与谢玄不善________________ 是必济事________________

元功既举________________ 时人咸叹超之先觉________________

2.翻译句子。

既已狼噬梁、岐，又虎视淮阴矣。

____

3.郗超力排众议，坚信谢玄的能力，这表明他既有先知先觉的本领，又有“________________”（用原文语句填空）的胸怀。

赏誉第八

1

陈仲举[①]尝[②]叹曰："若[③]周子居[④]者，真治国之器[⑤]。譬(pì)[⑥]诸[⑦]宝剑，则世之干将[⑧]。"

注释

①陈仲举：陈蕃，字仲举。

②尝：曾经。

③若：像。

④周子居：周乘，字子居。

⑤治国之器：治理国家的人才。器：人才，有才干的人。

⑥譬：打比方，比如。

⑦诸：相当于"之于"。

⑧干将：古代宝剑的名称，也是个人名。

译文

陈仲举曾经赞叹说："像周子居这样的人，真是治理国家的人才。拿宝剑来打比方，就是当代的干将。"

拓展

1. 文言文中"诸"的意思。

"诸"最基本的意思是"众，各"，如咱们常见的诸位。其他常见的用法有：放在句中，相当于“之于”，比如在《愚公移山》里面的句子“投诸渤海之尾”。还可以用在问句的末尾，相当于“之乎”，比如“虽有粟，吾得而食诸？”

2. 干将：古代铸剑师的名字。可以参考《搜神记》中的下文。

楚干将、莫邪为楚王作剑，三年乃成。王怒，欲杀之。剑有雌雄。其妻重身当产。夫语妻曰：“吾为王作剑，三年乃成。王怒，往必杀我。汝若生子是男，大，告之曰：‘出户望南山，松生石上，剑在其背。’”于是即将雌剑往见楚王。王大怒，使相之：“剑有二，一雄一雌，雌来雄不来。”王怒，即杀之。

6

王濬冲①、裴叔则二人总角诣②钟士季。须臾③去后，客问钟曰：“向④二童何如⑤？”钟曰：“裴楷清通，王戎简要。后二十年，此二贤当为⑥吏部尚书，冀⑦尔时⑧天下无滞才。”

注释

①王濬冲：王戎，字濬冲。有版本作王浚冲。

②诣：拜访。

③须臾：一会儿。

④向：以前，之前。

⑤何如：怎么样。

⑥为：担任。

⑦冀：希望。

⑧尔时：那时候。

译文

王戎、裴楷两人童年时拜访钟士季。待了一会儿离开后，有位客人问钟士季说：“之前那两个小孩怎么样？”钟说：“裴楷清明通达，王戎简约扼要。二十年后，这两位贤才会当上吏部尚书。希望那时候天下没有被遗漏的人才。”

练习

1. 解释加点字的意思。

总角诣钟士季________________ 须臾去后__________________________

2. 翻译句子。

向二童何如？

____

冀尔时天下无滞才。

____

3. 文中是如何塑造王戎、裴楷二人形象的？请简要分析。

____

____

9

羊公[①]还洛[②]，郭奕(yì)为野王令。羊至界，遣人要[③]之。郭便自往。既见，叹曰：“羊叔子何必减[④]郭太业！”复往羊许[⑤]，小悉[⑥]还，又叹曰：“羊叔子去人[⑦]远矣！”羊既去，郭送之弥日[⑧]，一举数[⑨]百里，遂以[⑩]出境免官。复叹曰：“羊叔子何必减颜子[⑪]！”

注 释

①羊公：羊祜(hù)，字叔子。西晋时期杰出的战略家、政治家、文学家，汉末才女蔡文姬的外甥。羊祜曾经出任车骑将军，都督荆州诸军事，坐镇襄阳。在荆州屯田兴学，以德怀柔，深得军民之心；扩充军备，训练士兵，全力筹备灭吴计划。羊祜临终前举荐度支尚书杜预接替自己的职务，两年后，晋武帝依其策划灭吴，完成统一。

②洛：洛阳。

③要：通“腰”，拦截，遮留。

④减：逊色，不如。

⑤许：处所，地方。

⑥小悉：少顷，不多久。

⑦去人：距离别人，超过别人。

⑧弥日：多日。

⑨数：几。

⑩以：因为。

⑪颜子：颜回，孔子的弟子，被称为复圣。

译 文

羊祜回洛阳去，当时郭奕任野王县令。羊祜到了野王县界，郭奕派人去拦住羊祜。郭奕于是亲自去看羊祜。见面后，郭奕赞叹说：“羊叔子未必不如我郭太业呢！”又前往羊祜的住所，不多久便回去，又赞叹道：“羊叔子的品行远远超过一般人啊！”羊祜离开，郭奕送了他好几天，一下子就送了几百里，最终因为出了县境被免官。他再次赞叹道：“羊叔子未必比颜子差呢！”

对比阅读

及长，博学能属文，身长七尺三寸，美须眉，善谈论。郡将夏侯威异之，以兄霸之子妻之。举上计吏，州四辟从事、秀才，五府交命，皆不就。太原郭奕见之曰："此今日之颜子也。"——《晋书》

练习

1.解释加点字的意思。

郭奕为野王令________ 复往羊许________

2.翻译句子。

羊至界，遣人要之。

____

郭送之弥日，一举数百里，遂以出境免官。

____

3.郭奕三次见羊祜，三次赞赏他，说明了什么？

____

品藻第九

2

庞士元[①]至吴，吴人并友[②]之。见陆绩、顾劭(shào)、全琮(cóng)，而为之目[③]曰：“陆子所谓驽(nú)马[④]有逸足之用，顾子所谓驽牛可以负[⑤]重致远。”或[⑥]问：“如所目，陆为胜邪[⑦]？”曰：“驽马虽精速，能致一人耳。驽牛一日行百里，所致岂一人哉？”吴人无以难[⑧]。“全子好声名，似汝南樊子昭。”

注　释

①庞士元：庞统，号凤雏。《三国演义》中庞统曾向曹操献上连环计，帮助周瑜取得了赤壁之战的胜利。

②友：交朋友。

③目：大项中再分的小项，引申为评价，下评语。

④驽马：劣马，跑不快的马。荀子在《劝学》里说：“驽马十驾，功在不舍。”

⑤负：背。

⑥或：有人，有的人。

⑦邪：通“耶”，语气词，表疑问。

⑧难：反驳，责难。

译　文

庞士元到了吴地，吴人都来和他交朋友。他见到陆绩、顾劭、全琮三人，就给他们三人下评语说：“陆君可以说是驽马却能快跑，顾君可以说是驽牛却能够载重物走远路。”有人问：“真像你的评语那样，是陆君胜过顾君吗？”庞士元说：“驽马虽然能快跑，也只能载一个人罢了；驽牛一天走一百里，可是所运载的岂止一个人？”吴人没话反驳他。（庞士元接着又评价说）“全君有很好的名声，像汝南郡樊子昭。”

练 习

1. 解释加点字的意思。

吴人并友之＿＿＿＿＿ 顾子所谓驽牛可以负重致远＿＿＿＿＿＿＿＿

2. 翻译句子。

或问：“如所目，陆为胜邪？”

＿＿＿＿＿＿＿＿＿＿＿＿＿＿＿＿＿＿＿＿＿＿＿＿＿＿＿＿＿＿

29

郗司空家有伧（cāng）①奴，知及文章，事事有意。王右军②向刘尹称之。刘问：“何如③方回④？”王曰：“此正⑤小人有意向⑥耳！何得便比方回？”刘曰：“若⑦不如方回，故是常⑧奴耳！”

注 释

①伧：古代讥人粗俗、鄙贱。

②王右军：王羲之。王羲之曾担任右军将军，所以后人称之为王右军。

③何如：和……比怎么样。

④方回：郗愔，字方回。

⑤正：只，仅。

⑥意向：心思，志向。

⑦若：如果。

⑧常：普通的，平常的。

译 文

郗司空家有个仆人，懂得文辞，各方面都很有情致。右军将军王羲之对丹阳尹刘惔称赞他，刘惔问道："和方回相比怎么样？"王羲之说："这只是小人有那么点志向罢了，哪里就能和方回相比！"刘惔说："如果比不上方回，那仍旧是个普通的奴仆罢了。"

练 习

1. 解释加点字的意思。

王右军向刘尹称之____________ 若不如方回____________________

2. 文中的王右军是指________________（人名），他书法成就很高，被称为________________。

3. 翻译句子。

刘问："何如方回？"

____

38

殷侯[①]既废[②]，桓公[③]语[④]诸人曰："少时与渊源共骑竹马，我弃去，已辄[⑤]取之，故[⑥]当出我下。"

注 释

①殷侯：殷浩，字渊源。东晋时期大臣、清谈家，善谈论，负虚名。隐居十年，不曾出仕。后接受会稽王司马昱征召，任扬州刺史。他和大司马桓温抗衡，不听王羲之和荀羡的劝阻，激化朝廷内部矛盾。永和八年（352），他奉命北伐，结果兵败而归，受到桓温弹劾，被废为庶人。

②废：废黜，罢黜。

③桓公：桓温，字元子。

④语：告诉。

⑤辄：就。

⑥故：因此。

译文

殷侯被废黜以后，桓公对大家说：“小时候我和渊源一道骑竹马玩，我扔掉的竹马，他就拾来骑，因此他应当不如我。”

拓展

长干行（节选）

李白

妾发初覆额，折花门前剧。
郎骑竹马来，绕床弄青梅。
同居长干里，两小无嫌猜。
十四为君妇，羞颜未尝开。
低头向暗壁，千唤不一回。
十五始展眉，愿同尘与灰。
常存抱柱信，岂上望夫台。

练习

1. 解释加点字的意思。

桓公语诸人曰__________ 故当出我下__________

2. 翻译句子。

我弃去，已辄取之，故当出我下。

____

规箴第十

1

汉武帝乳母尝①于外犯事，帝欲申宪②，乳母求救东方朔。朔曰：“此非唇舌所争，尔必望济③者，将去时但④当屡顾⑤帝，慎勿言！此或可万一冀⑥耳。”乳母既至，朔亦侍侧，因谓曰：“汝痴耳！帝岂复忆汝乳哺时恩邪⑦？”帝虽才雄心忍，亦深有情恋，乃凄然愍(mǐn)⑧之，即敕(chì)⑨免罪。

注释

①尝：曾经。

②申宪：依法处理，绳之以法。

③济：成功，这里可以理解为成功获救。

④但：只，只要。

⑤顾：看，回头看。

⑥冀：希望。

⑦邪：通“耶”，语气词，表疑问。

⑧愍：怜悯，哀怜。

⑨敕：帝王的诏书，命令。这里作动词使用，下诏书。

译文

汉武帝的奶妈曾经在外面犯了罪，武帝想要将她依法治罪，奶妈去向东方朔求救。东方朔说：“这不是靠唇舌（语言）能争得来的事，你希望能成功获救的话，将要离开的时候只要连连回头看皇帝，千万不要说话！这样也许能有万分之一的希望。”奶妈来了以后，东方朔也陪侍在皇帝身边，（在奶妈连连回头看皇帝时）东方朔就对她说："你傻呀！皇上难道还会想起你喂奶时的恩情吗？"武帝虽然才智杰出，心肠刚硬，也不免悲伤地怜悯起奶妈，立即下令免去她的罪。

拓展

汉武帝刘彻，中国古代最杰出的皇帝之一。他在位时发布推恩令巩固皇权；采纳董仲舒建议"罢黜百家、独尊儒术"，加强思想上的统一；开疆拓土，东吞朝鲜，南平百越，西征大宛（yuān），北破匈奴；开拓了丝绸之路。历史上将"秦皇汉武、唐宗宋祖"并列。

东方朔，字曼倩，西汉时期的文学家。他性格诙谐幽默，言辞敏捷，滑稽多智，但始终没有得到重用。

练习

1. 解释加点字的意思。

汉武帝乳母尝于外犯事（尝）____________ 将去时但当屡顾帝（但、屡）____________

慎勿言（言）__________________ 此或可万一冀耳（冀）______________________

2. 翻译句子。

帝岂复忆汝乳哺时恩邪？

____

3. 在东方朔身上你学到了什么？

____

2

京房[①]与汉元帝共论，因[②]问帝："幽、厉之君[③]何以[④]亡？所任[⑤]何人？"答曰："其任人不忠。"房曰："知不忠而任之，何邪？"曰："亡国之君，各贤其臣，岂知不忠而任之？"房稽(qǐ)首[⑥]曰："将恐今之视古，亦犹后之视今也。"

注　释

①京房：字君明，西汉东郡顿丘（今河南清丰）人，官至魏太守。

②因：趁机。

③幽、厉之君：指周朝的周幽王和周厉王。两个人都是昏君。周幽王因宠幸褒姒而导致周朝败亡。周厉王因肆意杀戮无辜、暴虐无道而被国人放逐。

④何以：为什么。

⑤任：任用。

⑥稽首：古代的跪拜礼，为九拜中最隆重的一种。行礼时叩头至地。一说为，行礼时两手拱至地，头至手，不触及地。

译　文

京房和汉元帝在一起讨论事情，（京房）趁机问元帝："周幽王和周厉王为什么亡国？他们所任用的是些什么人？"元帝回答说："他们任用的是不忠之人。"京房又问："明知那些人不忠，还要任用，这是什么原因呢？"元帝说："亡国的君主，各自都认为他的臣下是贤能的，哪里是明知不忠还要任用呢？"京房于是就行稽首礼，说："就怕我们今天看古人，也像后代的人看我们今天一样啊。"

练　习

1.解释加点字的意思。

京房与汉元帝共论__________________ 因问帝__________________

幽、厉之君何以亡________ 所任何人________

2. 翻译句子。

亡国之君，各贤其臣，岂知不忠而任之？

____

3. 京房规劝君主，为什么要从周幽王、周厉王说起？请简要概括京房的规劝反映了怎样的治国主张？

____

7

晋武帝[①]既不悟[②]太子之愚，必有传后意。诸名臣亦多献直言。帝尝在陵云台上坐，卫瓘(guàn)在侧，欲申其怀[③]，因[④]如醉跪帝前，以手抚床曰："此坐可惜。"帝虽悟，因笑曰："公醉邪？"

注释

①晋武帝：指司马炎。

②悟：明白。

③申其怀：阐述自己的心意，在这里指劝说晋武帝废掉太子司马衷。

④因：于是。

译文

晋武帝一直不明白太子愚蠢，一心一意要把帝位传给他。众位名臣也多有直言提建议的。武帝曾经在陵云台上坐着，卫瓘陪侍在旁边，想要阐述自己的想法（让武帝废掉太子），于是就像喝醉酒一样，跪在武帝面前，用手拍着武帝的坐榻说："这个座位可惜呀！"武帝虽然明白他的意思，还是笑着说："你喝醉了吗？"

练 习

1. 解释加点字的意思。

既不悟太子之愚________ 因如醉跪帝前________

2. 翻译句子。

因如醉跪帝前，以手抚床曰："此坐可惜。"

____

8

王夷甫妇，郭泰宁[1]女，才拙而性刚，聚敛无厌[2]，干豫[3]人事。夷甫患[4]之而不能禁。时其乡人幽州刺史李阳[5]，京都大侠，犹汉之楼护[6]，郭氏惮（dàn）[7]之。夷甫骤[8]谏之，乃曰："非但[9]我言卿不可，李阳亦谓卿不可。"郭氏小为之损[10]。

注 释

①郭泰宁：郭豫，西晋太原人，官至相国参军，搜敛无度。

②厌：满足。如成语"贪得无厌"。

③干豫：干预，干涉。

④患：担心，忧虑。

⑤李阳：西晋高平（今山东巨野南）人，尚侠义，为世人所推崇。

⑥楼护：西汉齐（今山东淄博）人，西汉末为京兆尹。研习经传，负有盛名；为人看重义气，广泛交游。

⑦惮：害怕。

⑧骤：屡次。

⑨但：只是。

⑩损：减少，引申为收敛。

译 文

王夷甫的妻子是郭泰宁的女儿，才智笨拙而性情倔强刚烈，聚敛钱财毫不满足，喜欢干涉别人的事。王夷甫很担心她却又不能够制止她。当时他的同乡——幽州刺史李阳，是京都的一个大侠客，如同汉代的楼护，郭氏很怕他。王夷甫屡次劝诫他妻子，就跟她说：“不只我说你不能这样做，李阳也说你不能这样做。”郭氏才稍微收敛了一点。

对比阅读

衍妻郭氏，贾后之亲，藉中宫之势，刚愎贪戾，聚敛无厌，好干预人事，衍患之而不能禁。时有乡人幽州刺史李阳，京师大侠也，郭氏素惮之。衍谓郭曰：“非但我言卿不可，李阳亦谓不可。”郭氏为之小损。——《晋书》

练 习

1. 解释加点字的意思。

聚敛无厌__________ 犹汉之楼护__________

2. 翻译句子。

非但我言卿不可，李阳亦谓卿不可。

____

3. 王夷甫的妻子是个怎样的人？

____

9

王夷甫雅①尚②玄远③，常嫉④其妇贪浊，口未尝言“钱”字。妇欲试之，令婢以⑤钱绕床，不得行。夷甫晨起，见钱阂(hé)⑥行，呼婢曰：“举⑦却阿堵物⑧。”

注 释

①雅：平素，向来。

②尚：崇尚。

③玄远：指玄妙脱俗的精神境界。

④嫉：憎恨。

⑤以：用。

⑥阂：阻碍，阻挡。

⑦举：拿。

⑧阿堵物：这个东西。后来成了钱的代称。

译 文

王夷甫向来崇尚玄妙脱俗的精神境界，常常憎恨他妻子的贪婪卑污，（他的）嘴里不曾说过“钱”字。他妻子想试试他，就叫婢女把钱绕着床摆放，让他不能走路。王夷甫早晨起床，看见钱阻挡了自己走路，就招呼婢女说：“拿掉这些东西！”

对比阅读

衍疾郭之贪鄙，故口未尝言钱。郭欲试之，令婢以钱绕床，使不得行。衍晨起见钱，谓婢曰：“举阿堵物却！”其措意如此。——《晋书》

练 习

1. 解释加点字的意思。

王夷甫雅尚玄远__________ 不得行__________

2. 翻译句子。

夷甫晨起，见钱阂行，呼婢曰：“举却阿堵物。”

____

3. 王夷甫把钱称作__________，古代钱的别称还有__________。

11

元帝[1]过江犹好[2]酒，王茂弘[3]与帝有旧[4]，常流涕[5]谏。帝许[6]之，命酌(zhuó)酒一酣[7]，从是遂断。

注释

①元帝：指晋元帝司马睿，原为琅邪王、安东将军，西晋灭亡后，公元318年他在建康（今江苏南京）登位称帝，建立东晋。

②好：喜欢。

③王茂弘：王导，字茂弘，司马睿即皇帝位，他因为有功而任丞相。

④旧：老交情。

⑤涕：眼泪。

⑥许：允许，答应。

⑦酣：饮酒尽兴。

译文

晋元帝到江南后还是喜欢喝酒，王茂弘和元帝有老交情，常常流着泪规劝他，元帝答应了（戒酒），就命令人倒酒来，喝了个痛快，从此以后就戒了酒。

练习

1.解释加点字的意思。

元帝过江犹好酒________________ 王茂弘与帝有旧________________

2.翻译句子。

帝许之，命酌酒一酣，从是遂断。

____

捷悟第十一

1

杨德祖①为魏武②主簿，时作③相国④门，始构榱桷（cuī jué）⑤，魏武自出看，使人题⑥门作“活”字，便去⑦。杨见，即令坏⑧之。既竟⑨，曰：“门中‘活’，‘阔’字。王正嫌门大也。”

注 释

①杨德祖：杨修。东汉末年的才子，为人聪明，博闻强记，曾在曹操手下为官，后来被曹操杀死。

②魏武：魏武帝曹操。

③作：建造。

④相国：魏晋时对丞相的敬称。建安中，曹操任丞相。

⑤榱桷：房屋的椽（chuán）子。后来也比喻能担当重任的人。

⑥题：写。如苏轼有诗歌叫《题西林壁》。

⑦去：离开。

⑧坏：毁坏。

⑨竟：完，完成。

译 文

杨修担任魏武帝曹操的主簿，当时正建造相国府的大门，刚架椽子，曹操亲自去察看，叫人在门上写个“活”字，就离开了。杨修看见了，立刻叫人把门拆了。拆完后，他说："门里加个'活'字，是'阔'字。魏王正是嫌门大了。"

对比阅读

原来杨修为人恃才放旷，数犯曹操之忌。操尝造花园一所；造成，操往观之，不置褒贬，只取笔于门上书一"活"字而去。人皆不晓其意。修曰："'门'内添'活'字，乃'阔'字也。丞相嫌园门阔耳。"——《三国演义》

练习

1. 解释加点字的意思。

杨德祖为魏武主簿__________ 使人题门作"活"字__________

2. 翻译句子。

魏武自出看，使人题门作"活"字，便去。

____

2

人饷(xiǎng)① 魏武一杯酪，魏武啖(dàn)② 少许③，盖头上题"合"④ 字以示⑤ 众。众莫⑥ 能解。次⑦ 至杨修，修便啖，曰："公教人啖一口也，复何疑？"

注释

①饷：赠送。

②啖：吃。有版本作"噉(dàn)"。苏轼有诗"日啖荔枝三百颗，不辞长作岭南人"。

③许：表示约数。

④合：合字拆开来读就是"人一口"。

⑤示：给……看。

⑥莫：没有人，没有谁。

⑦次：按次序。

译文

有人送给魏武帝曹操一杯奶酪，曹操吃了一点，就在盖头上写了一个“合”字给大家看，没有谁能看懂是什么意思。按次序轮到杨修去看，他便吃了一口，说：“曹公教每人吃一口呀，还有什么迟疑的？”

对比阅读

又一日，塞北送酥一盒至。操自写“一合酥”三字于盒上，置之案头。修入见之，竟取匙与众分食讫。操问其故，修答曰：“盒上明书‘一人一口酥’，岂敢违丞相之命乎？”操虽喜笑，而心恶之。——《三国演义》

练习

1.解释加点字的意思。

魏武啖少许______ 次至杨修______

2.翻译句子。

魏武啖少许，盖头上题“合”字以示众。

______

公教人啖一口也，复何疑？

______

3.杨修为什么敢吃奶酪呢？

______

3

魏武尝过[1]曹娥[2]碑下，杨修从[3]，碑背上见题作“黄绢幼妇，外孙齑臼”八字。魏武谓修曰：“解不[4]？”答曰：“解。”魏武曰：“卿未可言，待我思之。”行三十里，魏武乃曰：“吾已得。”令修别记所知。修曰：“黄绢，色丝也，于字为绝。幼妇，少女也，于字为妙。外孙，女子也，于字为好。齑臼，受辛也，于字为辞。所谓‘绝妙好辤（辞）’也。”魏武亦记之，与修同，乃叹曰：“我才不及[5]卿，乃觉[6]三十里。”

注　释

①过：经过。

②曹娥：东汉时期的孝女。她的父亲落水而死找不到尸首，她在江边哭了好几天，最后也投江而死。过了几天父女的尸首一起浮了上来。

③从：跟从。

④不：通“否”，语气词。

⑤不及：比不上。

⑥觉：较，相差。

译　文

魏武帝曹操曾经从曹娥碑旁经过，杨修跟随着他，看见碑的背面写着“黄绢幼妇，外孙齑臼”八个字。曹操就问杨修：“你理解其中的意思吗？”杨修回答说：“理解。”曹操说：“你不要说出来，等我想一想这几个字的意思。”走了三十里路，曹操才说：“我已经想出来了。”他叫杨修把自己的理解另外写下来。

杨修写道："黄绢，是有颜色的丝，色丝合成绝字；幼妇，是少女的意思，少女合成妙字；外孙，是女儿的儿子，女子合成好字；齑臼，是承受辛辣东西的，受辛合成辤（辞）字。连起来说的就是'绝妙好辤（辞）'"。魏武帝曹操也记下了自己的理解，和杨修的相同，就感叹说："我的才能比不上你，竟然差了三十里地才想出来。"

对比阅读

操读八字云："黄绢幼妇，外孙齑臼。"操问琰曰："汝解此意否？"琰曰："虽先人遗笔，妾实不解其意。"操回顾众谋士曰："汝等解否？"众皆不能答。于内一人出曰："某已解其意。"操视之，乃主簿杨修也。操曰："卿且勿言，容吾思之。"遂辞了蔡琰，引众出庄。上马行三里，忽省悟，笑谓修曰："卿试言之。"修曰："此隐语耳。'黄绢'乃颜色之丝也：色傍加丝，是'绝'字。'幼妇'者，少女也：女傍少字，是'妙'字。'外孙'乃女之子也：女傍子字，是'好'字。'齑臼'乃受五辛之器也：受傍辛字，是'辤（辞）'字。总而言之，是'绝妙好辤（辞）'四字。"操大惊曰："正合孤意！"众皆叹羡杨修才识之敏。——《三国演义》

练 习

1. 解释加点字的意思。

魏武尝过曹娥碑下________________ 解不__________________________

2. 翻译句子。

我才不及卿，乃觉三十里。

____

3. 杨修是个什么样的人？请结合文中具体事例简要分析。

____

4

魏武征[①]袁本初[②]，治装，余有数十斛(hú)[③]竹片，咸[④]长数寸。众云并不堪用，正令烧除。太祖思所以用之，谓可为竹椑楯(pí dùn)[⑤]，而未显[⑥]其言。驰使问主簿杨德祖。应声答之，与帝心同。众伏其辩悟[⑦]。

注释

①征：征讨。

②袁本初：袁绍，字本初，是汉末势力最强的军阀之一，和曹操连年互相攻伐，建安五年（200）在官渡与曹操会战，大败，两年后病死。

③斛：古代的一种量器。

④咸：全，都。

⑤椑楯：椭圆形的盾牌。

⑥显：明显，明确。

⑦辩悟：言辞流畅而思维敏捷。

译文

魏武帝曹操要征讨袁本初（袁绍），整治办理军事装备，剩下几十斛竹片，都是几寸长的。大家说这全部用不上，正要叫人烧掉。曹操在想怎么利用这些竹片，认为可以用来做椭圆形的竹盾牌，只是还没有当众把这话说出来。他派人跑去问主簿杨修，杨修立即回答了使者，结果和曹操的心思一样。大家都佩服杨修的聪明和悟性。

练习

1.解释加点字的意思。

咸长数寸 ________________________________

2. 翻译句子。

谓可为竹椑楯，而未显其言。

____

3. 众人都认为竹片没有用，杨德祖却认为竹片可以做成__________，由此可以看出杨德祖____________________。

7

王东亭作军宣武①主簿，尝春月与石头②兄弟乘马出郊。时彦③同游者连镳(biāo)④俱进，唯东亭一人常在前，觉⑤数十步，诸人莫之解⑥。石头等既疲倦，俄而乘⑦舆⑧回，诸人皆似从官，唯东亭奕奕⑨在前。其悟捷如此。

注释

①宣武：桓温，字元子，东晋时期政治家、军事家、书法家、权臣，谥号宣武。

②石头：桓熙，字伯道。石头是他小名，他是桓温的长子，官至豫州刺史。

③彦：有才能，有德行的人。

④镳：马嚼子两边露出嘴的部分。连镳：并辔，坐骑并排着走。

⑤觉：较，相差。

⑥诸人莫之解：宾语前置句。“诸人莫解之”的倒装，意思是那些人没有谁能理解他（为什么这样）。

⑦乘：坐，骑。

⑧舆：这里指车。

⑨奕奕：精神焕发的样子。

译文

王东亭担任桓宣武的主簿时，曾经在某个春天和石头兄弟骑马到郊外游玩。当时同游的名流都一起并马前进；只有王东亭一个人总是走在前面，和他们距离几十步远，大家都不理解其中的缘故。石头等人已经玩得很疲倦了，不久就坐车回去。结果其他人都像侍从官一样跟在后面，只有王东亭精神抖擞地走在前面。由此可见他的机敏与先见之明。

练习

1. 解释加点的字或词语。

尝春月与石头兄弟乘马出郊____________________________

俄而乘舆回____________________________

2. 翻译句子。

诸人莫之解。

____

3. 王东亭的行为，表现出他的__________。（用原文回答）

夙惠第十二

1

宾客诣[①]陈太丘宿[②]，太丘使[③]元方、季方炊。客与太丘论议，二人进火，俱委[④]而窃听。炊忘箸箅[⑤]，饭落釜中。太丘问："炊何不馏[⑥]？"元方、季方长跪[⑦]曰："大人与客语，乃俱窃听，炊忘箸箅，饭今成糜（mí）[⑧]。"太丘曰："尔颇有所识[⑨]不？"对曰："仿佛志之。"二子俱说，更相易夺[⑩]，言无遗失。太丘曰："如此，但[⑪]糜自可，何必饭也？"

注释

①诣：拜访。

②宿：过夜，住宿。

③使：让。

④委：抛弃，舍弃。

⑤箅：蒸饭或馒头时放在锅里的一种器具。箸箅：放置箅子。

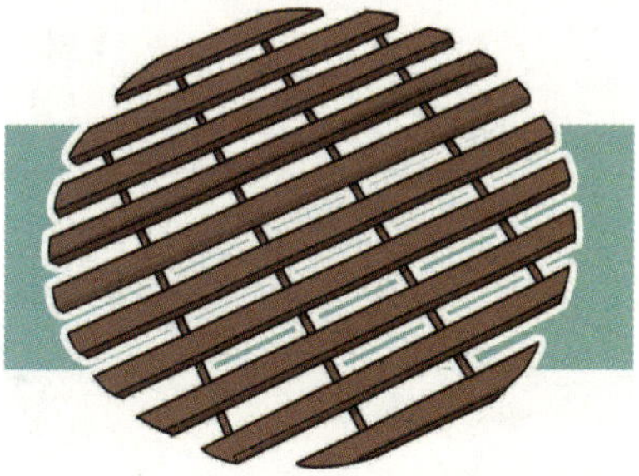

⑥馏：把米放在水里煮开，再捞出蒸成饭。

⑦长跪：古代的一种礼节，挺直身子跪着。

⑧糜：稠粥。

⑨识：通"志"，记住。

⑩易夺：改正补充。

⑪但：只是。

译 文

有位客人到陈太丘家里过夜，陈太丘就叫儿子元方和季方做饭。客人和陈太丘在一起清谈，元方兄弟两人都在烧火，结果一同放下手上的事，都去偷听。做饭时忘了放上箅子，要蒸的饭都落到了锅里。陈太丘问他们："饭为什么不捞出来蒸呢？"元方和季方长跪着说："您和客人清谈，我们两人就一起去偷听，蒸饭时忘了放上箅子，现在饭煮成了粥。"陈太丘问："你们可记住些什么吗？"兄弟两人回答说："似乎还能记住那些话。"于是兄弟俩一起说，互相更正补充，一句话也没有漏掉。陈太丘说："像这样，只吃粥也可以，何必一定要吃米饭呢！"

练 习

1.解释加点字的意思。

太丘使元方、季方炊________　俱委而窃听________

尔颇有所识不________　宾客诣陈太丘宿________

2.翻译句子。

如此，但糜自可，何必饭也？

____

3.结合选文，谈谈你对陈太丘或元方两兄弟的认识。

____

____

2

何晏①七岁，明惠②若神，魏武奇爱之③。因晏在宫内，欲以为④子。晏乃画地令⑤方，自处其中。人问其故⑥，答曰："何氏之庐⑦也。"魏武知之，即遣还。

注释

①何晏：三国时期魏国的玄学家。他母亲嫁给了曹操，曹操收他为养子，他后来娶了曹操的女儿。

②惠：通“慧”，聪明。

③奇爱之：非常喜爱他。

④以为：把……作为。

⑤令：让。

⑥故：原因。

⑦庐：房子。

译文

何晏七岁的时候，聪明过人，魏武帝曹操非常喜爱他。因为何晏在曹操府第里长大，曹操想把他当作儿子（认为养子）。何晏就在地上画个方框，自己站在里面。别人问他是什么原因，他回答说：“这是何家的房子。”曹操知道了这件事，立即把他送回了何家。

练习

1.解释加点字的意思。

明惠若神________________ 人问其故________________

2.翻译句子。

何氏之庐也。

____

3.对曹操将何晏送回家，恰当的解释是（　　）

A．何晏不想更改姓氏，曹操明白了他的心意。

B．何晏提出要一栋房子，曹操认为他太贪心。

C．何晏不愿给曹操做儿子，曹操为此很生气。

D．何晏聪明过人，曹操觉得他日后不好驾驭。

3

晋明帝数①岁，坐元帝膝上。有人从长安来，元帝问洛下消息，潸（shān）然流涕②。明帝问何以③致泣，具④以东渡意⑤告之。因问明帝：“汝意谓长安何如日远？”答曰：“日远。不闻人从日边来，居然⑥可知。”元帝异⑦之。明日⑧，集群臣宴会，告以此意，更重问之。乃答曰：“日近。”元帝失色，曰：“尔何故异⑨昨日之言邪？”答曰：“举⑩目见日，不见长安。”

注释

①数：几。

②潸然流涕：潸然，流泪的样子。涕，眼泪。

③何以：为什么。

④具：全，都。

⑤东渡意：指晋元帝司马睿渡江兴复晋室的意图。

⑥居然：显然，明显。

⑦异：感到奇异。

⑧明日：第二日。

⑨异：不同。

⑩举：抬起。

译文

晋明帝几岁的时候，坐在元帝的腿上。当时有人从长安来，元帝问起洛阳的情况，不觉伤心地流下了眼泪。明帝问父亲是什么事使他哭泣，元帝就把过江来的意图全都告诉他。元帝于是问明帝：“你看长安和太阳相比，哪个远？”明帝回答说：“太阳远。没听说过有人从太阳那边来，很显然就可以知道了。”元帝对他的回答感到惊奇。第二天，召集群臣宴饮，就把明帝这个意思告诉大家，并且重新问他一遍，明帝却回答说："太阳近。"元帝大惊失色，问他："为什么你和昨天说的不一样呢？"明帝回答说："现在抬起头就能看见太阳，可是看不见长安。"

对比阅读

明皇帝讳（司马）绍，字道畿，元皇帝长子也。幼而聪哲，为元帝所宠异。年数岁，尝坐置膝前，属长安使来，因问帝曰："汝谓日与长安孰远？"对曰："长安近。不闻人从日边来，居然可知也。"元帝异之。明日，宴群僚，又问之。对曰："日近。"元帝失色，曰："何乃异间者之言乎？"对曰："举目则见日，不见长安。"由是益奇之。——《晋书》

练 习

1. 解释加点的字或词语。

元帝异之________________ 明帝问何以致泣________________

2. 翻译句子。

具以东渡意告之。

____

3. 你觉得明帝是个怎样的孩子？

____

5

韩康伯数岁，家酷①贫，至大寒，止②得襦(rú)③。母殷夫人自成之，令康伯捉熨(yùn)斗，谓康伯曰："且着④襦，寻⑤作复裈⑥。"儿云："已足，不须复裈也。"母问其故，答曰："火在熨斗中而柄热，今既着襦，下亦当暖，故⑦不须耳。"母甚异之，知为国器⑧。

注　释

①酷：极，非常。比如酷暑、酷寒。

②止：只。

③襦：短衣，短袄。

④着：穿着。有的版本写作著或箸。

⑤寻：不久。

⑥裈：古代的一种裤子。

⑦故：所以。

⑧国器：治理国家的人才。

译　文

韩康伯几岁时，家境非常贫穷，到了最冷的季节，还只穿一件短袄。（短袄）是他母亲殷夫人亲手做的，做时叫康伯拿着熨斗取暖。母亲对康伯说："暂且先穿上短袄，过不了多久就给你做夹裤。"康伯说："这已经够了，不需要裤子了。"母亲问他原因，他回答说："火在熨斗里面，熨斗柄也就热了，现在已经穿上短袄，下身也会暖和的，所以不需要再做裤子呀。"他母亲听了感到非常惊奇，知道他将来一定是个治国的人才。

练　习

1. 解释加点字的意思。

止得襦＿＿＿＿＿＿＿＿＿＿　寻作复裈＿＿＿＿＿＿＿＿＿＿

2. 翻译句子。

今既着襦，下亦当暖，故不须耳。

＿＿＿＿＿＿＿＿＿＿＿＿＿＿＿＿＿＿＿＿＿＿＿＿

3. 下列各项理解不当的一项是(　　　)

A. 文中的殷夫人是一位关爱孩子，并且善于洞察孩子心理的母亲。

B．“母甚异之，知为国器”从侧面表现出韩康伯从小就身体强健，超过常人。

C．这个故事若作为事实论据则可论证这样的论点：穷人的孩子早当家。

D．从本文选自《世说新语·夙惠》可以看出，“夙惠”有“早年聪慧”的意思。

6

晋孝武年①十二，时冬天，昼日不著②复衣③，但著单练衫④五六重⑤，夜则累⑥茵褥(rù)⑦。谢公谏曰：“圣体宜⑧令有常。陛下⑨昼过冷，夜过热，恐非摄养⑩之术。”帝曰：“昼动夜静。”谢公出叹曰：“上理不减先帝⑪。”

注　释

①年：年龄，年纪。

②著：通“着”，穿。

③复衣：夹衣。

④单练衫：单层绢丝做的衣衫。

⑤重：层。

⑥累：重叠。

⑦茵褥：垫褥。

⑧宜：应该。

⑨陛下：对帝王的尊称。陛本来是台阶，陛下是站在台阶下面的人。

⑩摄养：调理保养。

⑪先帝：死去的皇帝。这里指晋简文帝司马昱。

译文

晋孝武帝十二岁那年，当时正是冬天，他白天不穿夹衣，只穿五六层丝绸做的单衣，夜里却铺着几层褥子睡觉。谢公劝他说："圣上的贵体应该生活得有规律。陛下白天太冷，夜里太热，这恐怕不是养生的办法。"孝武帝说："白天活动着就不会冷，夜里不动弹就不会热。"谢安退出来，赞叹说："皇上说理不比先帝差。"

练习

1.解释加点字的意思。

昼日不著复衣________________ 但著单练衫五六重__________________

2.翻译句子。

帝曰："昼动夜静。"

____

3.晋孝武帝是个怎样的人？

____

7

桓宣武薨[①]，桓南郡年五岁。服[②]始除，桓车骑与送故文武别，因指语南郡："此皆汝家故吏佐。"玄应声恸(tòng)哭，酸感傍人。车骑每自目[③]己坐[④]曰："灵宝成人，当以此坐还之。"鞠[⑤]爱过[⑥]于所生。

注释

①薨：诸侯王或有爵位的大官死。

②服：服丧。服始除就是服丧期满。

③目：看。

④坐：通“座”，座位。

⑤鞠：抚养，养育。

⑥过：超过。

译文

桓宣武去世的时候，桓南郡只有五岁。桓南郡守孝期满，刚脱下丧服，车骑将军桓冲和前来送丧的文武官员道别，便指着他们告诉桓南郡说：“这些人都是你家的老部下。”桓南郡随着他的话恸哭起来，那种心酸感动了旁边的人。桓冲常常看着自己的座位说：“等灵宝长大成人，我就要把这个座位交还给他。”桓冲抚养、疼爱桓南郡超过自己的亲生孩子。

练习

1. 解释加点字的意思。

鞠爱过于所生＿＿＿＿＿＿＿＿＿＿　桓宣武薨＿＿＿＿＿＿＿＿＿＿

2. 翻译句子。

灵宝成人，当以此坐还之。

＿＿＿＿＿＿＿＿＿＿＿＿＿＿＿＿＿＿＿＿＿＿＿＿＿＿＿＿＿＿

3. 车骑将军桓冲在文中的表现，从侧面写出了桓南郡的＿＿＿＿＿＿。

豪爽第十三

1

王大将军[①]年少时，旧有田舍[②]名，语音亦楚[③]。武帝唤时贤共言伎(jì)艺事。人皆多有所知，唯王都无所关，意色[④]殊[⑤]恶，自言知打鼓吹[⑥]。帝令取鼓与[⑦]之，于坐振袖而起，扬槌(chuí)奋击，音节谐捷，神气豪上，傍若无人。举[⑧]坐叹其雄爽。

注释

①王大将军：指王敦。

②田舍：田舍儿，相当于现在说的乡巴佬。

③楚：楚地指长江中下游一带，由于地方口音色彩较重，中原人认为鄙俗土气。王敦虽是琅邪临沂人，但口音不同于中原，也被看作是楚音。

④意色：神情和脸色。

⑤殊：非常，很。

⑥鼓吹：本指鼓箫等乐器的合奏，这里单指鼓。

⑦与：给。

⑧举：全。

译文

王大将军年轻时，以前有“乡巴佬”这个外号，说话也带有浓重的口音。晋武帝召来当时的名流一起谈论技能才艺方面的事，别人大多都了解一些，只有王大将军一点也不关心这些事，神态、脸色都很不好，自己说懂得打鼓。武帝叫人拿鼓给他，他马上从座位上振臂站起，扬起鼓槌，精神振奋地击起鼓来，鼓音和谐快捷，神情气概豪迈奔放，旁若无人，满座的人都赞叹他的威武豪爽。

练习

1. 解释加点字的意思。

意色殊恶________ 武帝唤时贤共言伎艺事________

2. 翻译句子。

神气豪上，傍若无人。举坐叹其雄爽。

____

3. 下列对文章的理解不正确的一项是（　　）

A. 从王敦有“田舍名”来看，他年轻时不在当时的上流社会活动。

B. 当晋武帝和大家讨论歌舞技艺的时候，王敦插不上话。

C. 王敦当时神色很凶恶，就说自己会击鼓，显得不谦虚。

D. 王敦在现场表演了击鼓，那些过去看不起他的人都觉得他威武豪爽。

4

王处仲①每酒后，辄②咏“老骥伏枥，志在千里；烈士暮年，壮心不已”③。以④如意⑤打唾壶⑥，壶口尽⑦缺。

注释

①王处仲：王敦，字处仲。

②辄：总是。

③老骥伏枥，志在千里；烈士暮年，壮心不已：曹操的诗句，出自《龟虽寿》。意思是老了的骏马伏在马厩里，它的志向还是驰骋千里；有志之士到了晚年，他的雄心依然没有止

息。王敦引用这四句诗，表明了他仍旧想总揽朝政的意图。

④以：用。

⑤如意：古代用于搔痒的工具。魏晋名士清谈时用以指划，以助语势，后来逐渐成为风雅赏玩的器物。

⑥唾壶：吐痰的器具。

⑦尽：全，都。

译文

王敦每次喝醉酒后，总是吟咏曹操写的“老骥伏枥，志在千里；烈士暮年，壮心不已”。还用如意敲着唾壶打拍子，壶口全被敲出了缺口。

拓展

神龟虽寿，犹有竟时；腾蛇乘雾，终为土灰。老骥伏枥，志在千里；烈士暮年，壮心不已。盈缩之期，不但在天；养怡之福，可得永年。幸甚至哉，歌以咏志。——《龟虽寿》

练习

1.解释加点字的意思。

壮心不已____________ 壶口尽缺____________

2.翻译句子。

以如意打唾壶，壶口尽缺。

____

6

王大将军始欲下都[①]，处分[②]树置[③]，先遣参军告朝廷，讽[④]旨时贤。祖车骑[⑤]尚未镇寿春，瞋目[⑥]厉声语[⑦]使人曰：“卿语阿黑[⑧]：何敢不逊[⑨]！催摄面去，须臾(yú)不尔[10]，我将[11]三千兵槊(shuò)[12]脚令上！”王闻[13]之而止。

注释

①都：本意是大城市，这里指都城。下都：从上游沿江东下，到京城建康。指晋元帝永昌元年（322）时，王敦从武昌以诛杀刘隗的名义发兵东下，占据石头城。

②处分：处理，这里指处理朝政。

③树置：有所建树。

④讽：用含蓄的话劝说或暗示。讽旨：委婉地暗示意图。

⑤祖车骑：指祖逖，就是闻鸡起舞的那个人。

⑥瞋目：瞪大眼睛，愤怒的样子。

⑦语：告诉。

⑧阿黑：王敦小字阿黑。古代直呼小名表示蔑视。

⑨逊：谦让，恭顺。

⑩尔：这样。

⑪将：率领。

⑫槊：古代的一种兵器。这里是指用槊戳。

⑬闻：听说。

译文

王敦起初想领兵东下京都，要处理朝政，有所建树，便先派参军去报告朝廷，并且向当时的名流贤士们暗示自己的意图。那时车骑将军祖逖还没有去镇守寿春，他瞪起眼睛声色俱厉地告诉王敦的使者说：“你去告诉阿黑，怎么敢这样傲慢无礼！叫他收起老脸离开！要是不马上这样做的话，我就要率领三千兵马用长槊戳他的脚，让他回到长江上游去。”王敦听说后，就停止了行动。

练习

1.解释加点的字或词语。

卿语阿黑________________ 须臾不尔________________

2. 翻译句子。

祖车骑尚未镇寿春，瞋目厉声语使人曰。

____

3. 文中的祖车骑是指祖逖，他给我们留下了________________的典故。

7

庾稚恭既常有中原之志[①]，文康时，权重未在己。及[②]季坚作相，忌兵畏祸，与稚恭历同异者久之，乃果行。倾荆、汉之力，穷[③]舟车之势，师[④]次[⑤]于襄阳。大会参佐，陈其旌(jīng)[⑥]甲，亲授弧矢[⑦]，曰："我之此行，若此射矣！"遂三起三叠[⑧]，徒众属[⑨]目，其气十倍。

注　释

①中原之志：指收复中原的志向。

②及：等到。

③穷：尽。

④师：军队。

⑤次：驻扎，停留。

⑥旌：古代用羽毛装饰的旗子。

⑦弧矢：弓箭。

⑧三起三叠：等于说三发三中。叠，指击鼓，军中射箭射中即以击鼓为号。

⑨属：通"瞩"。瞩目，注视，注目。

译　文

庾稚恭（庾翼）经常有收复中原的志向，可是文康（庾亮）当政时，大权不在自己手里。等到季坚（庾冰，庾亮之弟，庾翼之兄）当丞相时，害怕兵祸，和稚恭经过了长时间的不同意见的争论，才终于出兵北伐。庾稚恭出动荆州、汉水一带的全部力量，调集了所有的车船，率领军队驻扎在襄阳。他召集所有下属开会，陈设旗帜和披甲的士兵，亲自把弓箭发下去，说："我这一次出征，结果就像我射的箭一样！"于是就连发三箭，三发三中，士兵们全都看着，士气顿时增长了十倍。

练　习

1. 解释加点字的意思。

及季坚作相________________ 我之此行________________

2. 翻译句子。

师次于襄阳。

____

3. 庾稚恭射箭三发三中，起到的作用是________________。（用原文回答）

8

桓宣武平蜀，集①参僚②置酒于李势殿，巴、蜀缙绅③，莫不来萃④。桓既素⑤有雄情爽气，加尔日⑥音调英发，叙古今成败由人，存亡系才。其状磊落，一坐叹赏。既散，诸人追味余言。于时寻阳周馥曰："恨⑦卿辈不见王大将军！"

注　释

①集：聚集。

②参僚：部下，僚属。

③缙绅：指官员。原意是把笏板插在带子上，后来成为官宦的代称。缙，也写作"搢"，插。绅，束在衣服外面的大带子。

④萃：聚集。

⑤素：向来，一向。

⑥尔日：这一天。

⑦恨：遗憾。

译文

桓宣武平定蜀地后，召集部下在李势的宫殿里设酒举办宴会，巴、蜀一带的大官全都来参加聚会。桓宣武不但一向有豪放的性情、直爽的气概，加上这一天的谈话语调英气勃勃，畅谈古今成败在人，存亡的关键在于人才，他仪态俊伟，在座的人都很赞赏。散会以后，大家还在回忆、品味他的话。这时寻阳人周馥说："遗憾的是你们没有见过王大将军！"

练习

1. 解释加点字的意思。

桓既素有雄情爽气____________ 恨卿辈不见王大将军____________

2. 翻译句子。

巴、蜀缙绅，莫不来萃。

____

3. 从寻阳周馥的话中我们可以看出在他眼里桓宣武和王大将军比，他更赞赏哪一个人？

____

10

桓石虔，司空豁（huò）之长庶[①]也，小字镇恶。年十七八未被举[②]，而童隶已呼为镇恶郎。尝住宣武斋头。从征枋（fāng）头，车骑冲[③]没陈[④]，左右莫能先救。宣武谓曰："汝叔落贼，汝知不[⑤]？"石虔闻之，气甚奋。命朱辟为副，策[⑥]马于数万众中，莫有抗者，径致冲还，三军叹服。河朔⑦后以其名断疟(nüè)⑧。

注释

①庶：古代称姬妾生的孩子为庶。长庶，庶出的长子。

②举：庶出的子女被确定地位。

③车骑冲：车骑将军桓冲。

④陈：通“阵”。

⑤不：通“否”，语气词。

⑥策：用鞭子打。

⑦河朔：黄河以北。

⑧疟：一种急性传染病，疟疾。旧传疟疾因鬼而得病，认为呼壮士名可以拒退疟鬼。

译文

桓石虔是司空桓豁的庶出长子，小名叫镇恶。十七八岁了身份地位还没有得到承认，而奴仆们已经称呼他为镇恶郎了。他曾住在桓温家里。他跟随桓温出征到枋头，在一次战斗中，车骑将军桓冲陷入敌阵，他手下的人没有谁能先去救他。桓温告诉石虔说：“你叔父落入敌人阵里，你知道吗？”石虔听了，意气奋发，命令朱辟做副手，扬鞭跃马冲入几万敌军的重围中，没有谁能抵挡他，他直接把桓冲救了回来，全军无不叹服。后来黄河以北的老百姓就拿他的名字来驱赶疟鬼。

练习

1. 解释加点的字或词语。

左右莫能先救＿＿＿＿＿＿＿＿　石虔闻之＿＿＿＿＿＿＿＿

2. 翻译句子。

汝叔落贼，汝知不？

＿＿＿＿＿＿＿＿＿＿＿＿＿＿＿＿＿＿＿＿

3. 河朔地区的人为什么用石虔的名字来祛除疟鬼？

____

13

桓玄西下，入石头[1]。外白[2]司马梁王奔叛。玄时事形已济[3]，在平乘[4]上笳（jiā）[5]鼓并作，直高咏云："箫管有遗音，梁王安在哉[6]？"

注　释

①石头：石头城。指现在的南京。南京的别称还有金陵、江宁、白下、建康、建邺等。

②白：说，告诉。

③济：成功。

④平乘：大船。

⑤笳：古代的一种乐器。

⑥箫管有遗音，梁王安在哉：阮籍的诗句。安，哪里。

译　文

桓玄带兵西下，攻入石头城，外面的人报告说司马梁王叛逃了。这时桓玄见事情已经成功，在大船上鼓乐齐鸣，只是自顾自高声朗诵道："箫管有遗音，梁王安在哉？"

练　习

1. 解释加点字的意思。

玄时事形已济__________ 梁王安在哉__________

2. 石头指石头城，指现在的南京，南京的别称还有________、________等。

3. "箫管有遗音，梁王安在哉？"这是阮籍的诗句，阮籍是________之一。

容止第十四

1

魏武[1]将[2]见匈奴使，自以[3]形陋，不足雄远国，使崔季珪[4]代，帝自捉刀立床[5]头。既毕，令间谍[6]问曰："魏王何如[7]？"匈奴使答曰："魏王雅望[8]非常[9]，然床头捉刀人，此乃英雄也。"魏武闻之，追杀此使。

注　释

①魏武：魏武帝曹操。史书记载曹操身材矮小，一米六左右。

②将：将要。

③以：以为，认为。

④崔季珪：崔琰，字季珪，曹操的属官，入魏后任尚书。《三国志·魏书·崔琰传》说他声音洪亮，眉清目秀，须长四尺，极有威仪。

⑤床：指坐具。

⑥间谍：秘密侦探敌情的人。

⑦何如：怎么样。

⑧雅望：仪表美好。

⑨非常：不是平常的。

译　文

魏武帝曹操将要接见匈奴的使者，他自认为相貌丑陋，不能威震远道而来的匈奴人，便叫崔季珪代替，自己则握着刀站在崔季珪的坐床边。接见完毕，曹操派密探去问匈奴使者说："你看魏王怎么样？"匈奴使者回答说："魏王美好的仪容不同于常人，可是坐榻边握刀的人，这才是英雄啊。”曹操听说后，派人追杀这个使者。

练习

1. 解释加点的字或词语。

自以形陋，不足雄远国________ 帝自捉刀立床头________

魏王雅望非常________ 然床头捉刀人________

2. 翻译句子。

不足雄远国。

____

魏武闻之，追杀此使。

____

3. 这个小故事中，作者塑造了一个什么形象的曹操？

____

2

何平叔[①]美姿仪，面至白，魏明帝疑其傅粉[②]。正夏月，与热汤饼[③]。既啖，大汗出，以[④]朱衣自拭，色转皎(jiǎo)然[⑤]。

注释

①何平叔：何晏。当时的名流，玄学家。

②傅粉：在脸上抹粉。

③汤饼：当时的一种食物，相当于面条。我国在4000年前就出现了面条。

④以：用。

⑤皎然：洁白的样子。

译文

何平叔相貌很美，脸非常白，魏明帝怀疑他涂了粉。当时正好是夏天，就给他吃热汤面。吃完后，何平叔大汗淋漓，用红色的衣服自己擦拭，脸色反而更加洁白。

练习

1.解释加点字的意思。

与热汤饼____________________ 既啖____________________

2.文中描写魏明帝心理的词是________，描写他的动作的词是________，描写何晏吃面后的词语有______和______，描写何晏的动作的词有________。

7

潘岳①妙有姿容，好②神情③。少时挟弹出洛阳道，妇人遇者，莫不连手共萦(yíng)④之。左太冲⑤绝丑，亦复效岳游遨，于是群妪(yù)⑥齐共乱唾之，委顿⑦而返。

注释

①潘岳：晋代文学家，四大美男之一。古代四大美男最常见的说法是：潘安、兰陵王、宋玉、卫玠。第二种说法是：潘安、兰陵王、嵇康、卫玠。

②好：美好。

③神情：风度，神采。

④萦：围绕，环绕。

⑤左太冲：左思，字太冲，晋朝文学家，外貌丑陋，但博学能文，曾花十年时间写成《三都赋》(分别描写三国时蜀都益州、吴都建业、魏都邺的山川风物、政治经济等情况)，世人竞相传写，一时洛阳纸贵。

⑥妪：老年妇女。

⑦委顿：精神不振，垂头丧气。

译 文

潘岳有美好的容貌和优雅的神态风度。年轻时带着弹弓走在洛阳大街上，遇到他的妇女没有不手拉手地一同围住他的。左太冲长得丑到了极点，他也学习潘岳到处游逛，一群老年妇女就都向他乱吐唾沫，弄得他垂头丧气地回去了。

对比阅读

岳美姿仪，辞藻绝丽，尤善为哀诔之文。少时常挟弹出洛阳道，妇人遇之者，皆连手萦绕，投之以果，遂满车而归。时张载甚丑，每行，小儿以瓦石掷之，委顿而反。——《晋书·潘岳传》

练 习

1.解释加点字的意思。

左太冲绝丑____________ 亦复效岳游遨____________

2.左太冲是晋代文学家，因为《三都赋》而留下了________的成语典故。

3.这个故事告诉我们____________________。

11

有人语① 王戎曰："嵇延祖② 卓（zhuó）卓③ 如野鹤之在鸡群。"答曰："君未见其父耳④！"

注 释

①语：告诉。

②嵇延祖：嵇康的儿子，嵇绍。

③卓卓：特立；高超出众。

④耳：而已，罢了。

译 文

有人告诉王戎说："嵇绍卓然超群，在人群中就像野鹤站在鸡群中一样。"王戎回答说："那是因为您没有见过他的父亲罢了！"

拓 展

鹤立鸡群：像鹤站在鸡群中一样。比喻一个人的仪表或才能在周围一群人里显得很突出。

练 习

1.解释加点字的意思。

有人语王戎曰__________________

2.翻译句子。

答曰："君未见其父耳！"

____

3.出自本文的成语是________________，用来形容____________________
____。

19

卫玠从豫章[①]至下都，人久闻其名，观者如堵墙。玠先有羸[②]疾[③]，体不堪[④]劳，遂成病[⑤]而死。时人谓"看杀卫玠"。

注释

①豫章：古地名，现在的江西省南昌市。

②羸：瘦弱。

③疾：一般的病。

④堪：禁得起，承受得住。

⑤病：重病（有生命危险）。

译文

卫玠从豫章郡来到京都建康时，人们早已听过他的名声，出来看他的人围得像一堵墙。卫玠本来就有虚弱的病，身体承受不了这种劳累，终于重病而死。当时的人说是“看死了卫玠”。

对比阅读

京师人士闻其姿容，观者如堵。玠劳疾遂甚，永嘉六年卒，时年二十七，时人谓玠被看杀。——《晋书·卫玠传》

练习

1. 解释加点字的意思。

时人谓“看杀卫玠”____________ 体不堪劳____________

2. 翻译句子。

人久闻其名，观者如堵墙。

____

3. 卫玠是四大美男之一，从文中的哪里可以看出来？

____

4. 卫玠的真实死因是什么？请用文中语句回答。

____

自新第十五

1

周处年少时，凶强侠气，为乡里所[①]患。又义兴水中有蛟(jiāo)[②]，山中有邅(zhān)迹虎[③]，并皆暴犯百姓，义兴人谓为“三横”，而处尤剧[④]。或说[⑤]处杀虎斩蛟，实冀[⑥]三横唯余其一。处即刺杀虎，又入水击蛟。蛟或浮或没，行数十里，处与之俱。经三日三夜，乡里皆谓已死，更相[⑦]庆，竟杀蛟而出。闻里人相庆。始知为人情所患，有自改意。乃自吴寻二陆[⑧]，平原不在，正见清河，具[⑨]以情告，并云：“欲自修改，而年已蹉跎(cuō tuó)[⑩]，终无所成。”清河曰：“古人贵朝闻夕死[⑪]，况君前途尚可。且人患[⑫]志之不立，亦何忧令[⑬]名不彰[⑭]邪？”处遂改励，终为忠臣孝子。

注释

①为……所：被动句的标志。

②蛟：无角的龙，民间相传能发洪水作害，传说“蛟”修炼一千年便“走蛟”沿江入海化龙。

③邅迹虎：跛脚虎。一作白额虎。

④剧：厉害，严重。

⑤说：劝说。

⑥冀：希望。

⑦更相：互相。

⑧二陆：指陆机、陆云两兄弟，都是当时著名的文学家、社会名人。陆机，字士衡，曾任平原内史，故世称“陆平原”。陆云，字士龙，曾任清河内

史，故世称“陆清河”。他们是东吴大将陆逊的孙子。

⑨具：全，都。

⑩蹉跎：虚度光阴。

⑪朝闻夕死：语出孔子“朝闻道，夕死可矣”。

⑫患：担心，忧虑。

⑬令：美好。

⑭彰：显扬。

译 文

周处年轻时，凶狠任性，好使气力，被乡里人当作祸害。加上义兴郡水里有蛟龙，山上有邅迹虎，都危害百姓，义兴人把他们叫作“三横”，而周处的危害尤其大。有人劝说周处去杀虎斩蛟，其实是希望三横中只剩下一个。周处立刻上山刺杀了老虎，又下水去斩蛟龙。蛟龙有时浮出水面，有时潜入水底，游了几十里，周处始终和蛟龙在一起搏斗。经过三天三夜，乡亲们都认为他已经死了，互相庆贺。没想到周处竟然杀死蛟龙，从水里出来了。他听说乡亲互相庆贺，才知道自己被乡亲们所厌恶，就有意改过自新。于是到吴郡寻找陆机、陆云兄弟，平原内史陆机不在家，只见到清河内史陆云，就把情况全都告诉了陆云，并且说：“（我）想改正错误，可是岁月已经虚度，恐怕终究不会有什么成就。”陆云说：“古人看重‘早上明白了真理，晚上死去也值得’的道理，何况你还大有前途。再说人只怕没有志向，又何必忧虑美好的名声不能显扬呢？”于是周处便改正错误，振作起来，终于成了忠臣孝子。

对比阅读

周鲂之子处，膂力绝人，不修细行，乡里患之。处尝问父老曰：“今时和岁丰而人不乐，何邪？”父老叹曰：“三害不除，何乐之有！”处曰：“何谓也？”父老曰：“南山白额虎，长桥蛟，并子为三矣。”处曰：“若所患止此，吾能除之。”乃入山求虎，射杀之，因投水，搏杀蛟。遂从（陆）机、云受学，笃志读书，砥节砺行，比及期年，州府交辟。——《资治通鉴》

练 习

1. 解释加点字的意思。

   或说处杀虎斩蛟________ 具以情告________

2. 翻译句子。

   义兴人谓为“三横”，而处尤剧。

   ____

   且人患志之不立，亦何忧令名不彰邪？

   ____

3. 周处的故事给了你什么启示？

   ____

4. 义兴人劝说周处去杀虎斩蛟的目的是什么？（用原文回答。）

   ____

企羡第十六

1

王丞相[①]拜[②]司空，桓廷尉作两髻，葛裙[③]策杖，路边窥之，叹曰："人言阿龙超[④]，阿龙故自超。"不觉至台门[⑤]。

注　释

①王丞相：指王导，小字阿龙。

②拜：授予官职。

③葛裙：葛布做的下裳。

④超：超群，超凡。

⑤台门：中央台城之门。

译　文

王丞相被授予司空一职，桓廷尉梳起两个发髻，穿着葛裙，拄着拐杖，在路边偷偷观察他，赞叹说："人们都说阿龙出众，阿龙确实出众！"不知不觉地跟随到了台城门。

拓　展

汉魏时期的主要官职

丞相：金印紫绶，秩俸（俸禄、工资）万石。

丞相长史：辅佐丞相，督率诸吏，处理各种政务，秩俸千石。

东曹掾：领郡国事，主长史的调动和任命，外出督州郡，秩俸四百石（一说六百石）。

西曹掾：领百官奏事，主府中吏之进退，秩俸四百石（一说六百石）。

主簿：省录众事。

中郎将：东汉时，有五官中郎将、右中郎将、左中郎将，分领中郎、侍郎、郎中；有虎贲中郎将、羽林中郎将，领宿卫禁军。东汉末至南北朝，置诸名号中郎将为统兵将领，位于将军之下、校尉之上。

大夫：掌顾问应对，为皇帝谋事。有光禄大夫，秩俸比二千石；太中大夫，西汉秩俸比千石，东汉秩俸千石；中散大夫，秩俸六百石；谏议大夫，秩俸比八百石。

议郎：秩俸比六百石，为皇帝谋事。

仆射：秩俸比千石，主宾赞受事。

练 习

解释加点的字或词语。

王丞相拜司空________________ 葛裙策杖，路边窥之________________

3

王右军得人以[1]《兰亭集序》方[2]《金谷诗序》，又以己敌[3]石崇[4]，甚有欣色。

注 释

①以：把。

②方：比拟，媲美。

③敌：相当，匹敌。

④石崇：字季伦，曾任散骑常侍、侍中、荆州刺史，在荆州劫掠客商而成为巨富，生活奢靡。晋惠帝元康六年（296），石崇在金谷园设宴送征西大将军王诩回长安，与会者三十人，各自饮酒赋诗，后编为一集，由石崇写《金谷诗序》，记载当时的盛况。

译文

王羲之得知有人把《兰亭集序》和《金谷诗序》相比，又认为自己和石崇相当，神色非常欣喜。

练习

解释加点字的意思。

以《兰亭集序》方《金谷诗序》________ 又以己敌石崇________

6

孟昶（chǎng）[1]未达[2]时，家在京口。尝见王恭乘[3]高舆[4]，被[5]鹤氅（chǎng）裘[6]。于时微雪，昶于篱间窥之，叹曰："此真神仙中人！"

注释

①孟昶：字彦达，为人庄重严肃，志向高远，曾任丹阳尹、尚书左仆射。

②达：显达，得到显贵的地位。诸葛亮有"苟全性命于乱世，不求闻达于诸侯"。

③乘：坐，乘坐。

④高舆：高车，高高的车子。

⑤被：通"披"，披着，穿着。

⑥鹤氅裘：用鹤类羽毛制成的裘，用作外套。泛指外套。

译文

孟昶还没有显达的时候，家住在京口。他有一次看见王恭坐着高车，穿着鹤氅裘。当时下着小雪，孟昶在竹篱后偷看他，赞叹说："这真是神仙中人啊！"

对比阅读

（王）恭美姿仪，人多爱悦，或目之云"濯濯如春月柳"。尝被鹤氅裘，涉

雪而行，孟昶窥见之，叹曰："此真神仙中人也！"——《晋书·王恭传》

练　习

1. 解释加点字的意思。

孟昶未达时__________________ 昶于篱间窥之__________________

2. 翻译句子。

尝见王恭乘高舆，被鹤氅裘。

____

伤逝第十七

1

王仲宣[①]好[②]驴鸣。既葬，文帝[③]临[④]其丧，顾语同游曰：“王好驴鸣，可各作一声以送之。”赴客皆一作驴鸣。

注 释

①王仲宣：王粲，字仲宣，汉末文学家，“建安七子”之一，被称为“七子之冠冕”，又与曹植并称“曹王”。

②好：喜欢。

③文帝：魏文帝曹丕。

④临：哭吊死者。

译 文

王仲宣喜欢听驴叫。他死了入葬后，魏文帝去他的葬礼哭吊他，回头对同行的人说：“王仲宣喜欢听驴叫，可以每个人学一声驴叫来送他。”于是去吊丧的客人一人学了一声驴叫。

拓展阅读

献帝西迁，粲徙长安，左中郎将蔡邕见而奇之。时邕才学显著，贵重朝廷，常车骑填巷，宾客盈坐。闻粲在门，倒屣迎之。粲至，年既幼弱，容状短小，一坐尽惊。邕曰：“此王公孙也，有异才，吾不如也。吾家书籍文章，尽当与之。”——《三国志》

练 习

1.解释加点字的意思。

王仲宣好驴鸣________ 顾语同游曰________

2.翻译句子。

王好驴鸣，可各作一声以送之。

____

3.文中的文帝是三国时的魏文帝，他名字叫______，和______、______并称为“三曹”。

4.赴客皆一作驴鸣。句中的“一”可以理解为（ ）。

A.第一 B.一次 C.全部 D.专一

2

王濬（jùn）冲①为②尚书令，著③公服，乘轺（yáo）车④，经黄公酒垆（lú）⑤下过，顾⑥谓后车客：“吾昔与嵇叔夜、阮嗣宗⑦共酣饮于此垆，竹林之游，亦预其末⑧。自嵇生夭⑨、阮公亡⑩以来，便为时所羁绁（jī xiè）⑪。今日视此虽近，邈（miǎo）⑫若山河。”

注 释

①王濬冲：王戎，字濬冲，“竹林七贤”之一。濬，有版本作“浚”。

②为：担任。

③著：通“着”，穿。

④轺车：一匹马拉的轻便的车。

⑤酒垆：卖酒处安置酒瓮的砌台，亦借指酒肆、酒店。卓文君曾经“当垆卖酒”。

⑥顾：看，回头看。

⑦嵇叔夜、阮嗣宗："竹林七贤"中的嵇康和阮籍。

⑧预其末：参与末座。王戎在"竹林七贤"中的年龄最小。

⑨夭：短命，早逝。嵇康死时不到40岁，还比较年轻，所以王戎这样说。

⑩亡：死亡。

⑪羁绁：马笼头和马缰绳。这里指牵绊、束缚。

⑫邈：远。

译　文

王戎担任尚书令时，穿着官服，坐着轻车，从黄公酒垆旁经过。他回头对后车的客人说："我从前和嵇康、阮籍一起在这个酒肆畅饮过。竹林中的交游，我也参与末座。自从嵇康早逝、阮籍去世以来，我就被时势拘束。今天看着这间酒肆虽然很近，（往事）却像隔着山河一样遥远。"

练　习

1.解释加点字的意思。

著公服________________　吾昔与嵇叔夜、阮嗣宗____________________

2.翻译句子。

今日视此虽近，邈若山河。

____

3

孙子荆以①有才，少②所推服，唯雅③敬王武子。武子丧时，名士无不至者。子荆后来，临④尸恸哭⑤，宾客莫不垂涕。哭毕，向灵床⑥曰："卿常好我作驴鸣，今我为卿作。"体⑦似真声，宾客皆笑。孙举⑧头曰："使君辈存，令此人死！"

注 释

①以：因为。

②少：很少。

③雅：平素，向来。

④临：靠近，到……前。

⑤恸哭：放声痛哭，号哭。

⑥灵床：停放尸体的床铺。

⑦体：模仿，效仿。

⑧举：抬起。

译 文

孙子荆因为自己有才能，很少推崇佩服别人，只是一向很尊敬王武子。王武子去世时，当时有名望的人没有不来吊丧的。孙子荆后到，靠近遗体痛哭，宾客没有不感动得流泪的。他哭完后，对着灵床说："你平时喜欢听我学驴叫，现在我为你学一学。"他模仿驴鸣声音逼真，宾客们都笑了。孙子荆抬起头说："让你们这类人活着，却让这个人死了！"

练 习

1.解释加点字的意思。

临尸恸哭________________ 孙举头曰________________

2.翻译句子。

宾客莫不垂涕。

____

卿常好我作驴鸣，今我为卿作。

____

3.请分析"使君辈存，令此人死！"一句表达的感情。

____

7

顾彦先平生好[1]琴，及[2]丧，家人常以琴置灵床上。张季鹰往哭之，不胜[3]其恸，遂径[4]上床，鼓[5]琴，作数曲竟[6]，抚琴曰："顾彦先颇复赏此不[7]？"因又大恸，遂不执孝子手[8]而出。

注释

①好：喜欢。

②及：等到。

③胜：承受得住。

④径：直接。

⑤鼓：弹奏。

⑥竟：完毕，终了。

⑦不：通"否"，语气词。

⑧不执孝子手：不握孝子的手。魏晋时丧礼，凡吊唁须执丧主之手，此处说"不执孝子手"，意思是对死者哀恸达到了极点而无法顾及礼节。

译文

顾彦先平生喜欢弹琴，等到他死了，家人总是把琴放在灵床上。张季鹰（张翰）去哭丧，非常悲痛而难以自持，便直接坐在灵床上弹琴，弹完了几曲，抚摸着琴说："顾彦先还能再欣赏这个吗？"于是又哭得非常伤心，竟没有（按礼仪）握孝子的手就出去了。

练习

1. 解释加点字的意思。

不胜其恸________________ 鼓琴，作数曲竟________________

2. 翻译下面句子。

遂径上床，鼓琴，作数曲竟。

____

顾彦先颇复赏此不？

____

3. 文中哪些语句表现出了张季鹰的悲痛心情？用原文回答。

____

4. “顾彦先颇复赏此不？”体会说这句话时张季鹰的心情。

____

8

庾亮儿遭苏峻难遇害。诸葛道明女为庾儿妇，既寡①，将改适②，与亮书③及之。亮答曰：“贤女尚④少，故⑤其宜⑥也。感念亡儿，若在初没⑦。”

注释

①寡：女子死了丈夫。

②适：女子出嫁。另外，女子出嫁后回娘家探亲叫“归宁”。

③书：写书信。

④尚：尚且，还。

⑤故：所以。

⑥宜：应该。

⑦没：通“殁”，死。

译文

庾亮的儿子庾会遭遇了苏峻的叛乱而被杀。诸葛道明的女儿是庾会的妻子，守寡后，将要改嫁，诸葛道明在给庾亮的书信中谈到这件事。庾亮回信说："您的女儿还年轻，所以这样做是应该的。只是感念我死去的儿子，我就像他刚刚死去一样（悲痛）。"

练 习

1. 解释加点字的意思。

诸葛道明女为庾儿妇____________ 将改适____________

与亮书及之____________ 若在初没____________

2. 翻译句子。

贤女尚少，故其宜也。

____

10

王长史病笃（dǔ）①，寝卧灯下，转麈（zhǔ）尾②视之，叹曰："如此人，曾③不得四十！"及④亡，刘尹临殡（bìn）⑤，以犀柄麈尾箸⑥柩⑦中，因恸绝。

注 释

①病笃：病重。

②麈尾：古人闲谈时执以驱虫、掸尘的一种工具。

③曾：连……都，竟然。

④及：等到。

⑤殡：本指停柩待葬，这里指入殓，即把尸体装入棺材。

⑥箸：通"着"，这里指放进。

⑦柩：装着尸体的棺材。另外，棺指装殓尸体的器具，椁指套在棺材外的大棺材。

译 文

王长史病重的时候，睡在灯下，转动着拂尘看着它，叹息说："像这样的人，竟然连四十岁都活不到！"等到他死后，刘尹去参加殡殓，把用犀牛角作柄的拂尘放到棺材里，然后痛哭得昏死过去。

练 习

1. 解释加点字的意思。

及亡________ 以犀柄麈尾箸柩中________

2. 翻译句子。

如此人，曾不得四十！

____

16

王子猷(yóu)、子敬①俱病笃，而子敬先亡。子猷问左右②："何以③都不闻消息？此已丧矣！"语时了不④悲。便索舆(yú)来奔丧，都不哭。子敬素⑤好琴，便径入坐灵床上，取子敬琴弹，弦既不调，掷地云："子敬！子敬！人琴俱亡。"因恸绝良久⑥，月余亦卒⑦。

注 释

①王子猷、子敬：指王徽之、王献之，都是王羲之的儿子，两人都是著名的书法家。

②左右：旁边的人。

③何以：为什么。

④了不：一点也不，完全不。

⑤素：向来，一向。

⑥良久：很久。

⑦卒：死。

译文

王子猷和王子敬都病得很重，子敬先去世了。子猷问在旁侍候的人："为什么总是听不到子敬的消息？这是已经去世了！"说话时一点也不悲伤。于是他就要人准备了车去奔丧，完全没有哭。子敬向来喜欢弹琴，子猷便径直进去坐在灵床上，拿过子敬的琴来弹，琴弦已经调不准了，就把琴扔到地上说："子敬，子敬，人和琴都死去了！"说完就悲痛得昏了过去，很久才醒过来。过了一个多月他也去世了。

对比阅读

未几，献之卒，徽之奔丧不哭，直上灵床坐，取献之琴弹之，久而不调，叹曰："呜呼子敬，人琴俱亡！"因顿绝。先有背疾，遂溃裂，月余亦卒。

——《晋书》

练习

1.解释加点的字或词语。

王子猷、子敬俱病笃________________ 子敬素好琴________________

2.翻译句子。

何以都不闻消息？此已丧矣！

____

3.文中王子猷不悲、不哭，实际上是体现了"魏晋风度"，请结合文章说说你对魏晋风度的理解。

____

栖逸第十八

1

阮步兵[1]啸，闻数百步[2]。苏门山中，忽有真人[3]，樵伐者咸[4]共传说。阮籍往观，见其人拥膝岩侧。籍登岭就[5]之，箕踞[6]相对。籍商略终古，上陈黄、农[7]玄寂之道，下考三代[8]盛德之美，以问之，仡(yì)然[9]不应。复叙有为之教[10]，栖神导气[11]之术以观之，彼犹如前，凝瞩不转。籍因[12]对之长啸。良久，乃笑曰："可更作。"籍复啸。意尽，退还半岭许[13]，闻上嗜然[14]有声，如数部鼓吹，林谷传响。顾[15]看，乃向[16]人啸也。

注 释

①阮步兵：即阮籍，"竹林七贤"之一。他担任过步兵校尉。

②步：长度单位。当时大约六尺为一步。三百步为一里。

③真人：古代道家称洞悉宇宙和人生本原，真真正正觉醒、觉悟的人为真人。如庄子是南华真人。

④咸：全，都。

⑤就：靠近。

⑥箕踞：两脚张开，两膝微曲地坐着，形状像簸箕。这是一种不拘礼节的坐法，表示傲慢无礼或随意自在。

⑦黄、农：黄帝和神农。

⑧三代：指夏、商、周三个朝代。

⑨仡然：抬头的样子。

⑩有为之教：指儒家学说中积极入世，有所作为的主张。这和道家的无为主张相对。

⑪栖神导气：道家修炼的方法。栖神指凝神专一，导气指摄气运息。

⑫因：于是。

⑬许：处所，地方。

⑭啸然：形容啸声的拟声词，指声音悠长的样子。

⑮顾：看，回头看。

⑯向：以前，之前。

译文

步兵校尉阮籍吟啸，声音能传几百步远。苏门山里，忽然来了个得道的真人，砍柴的人都这么传说。阮籍去看，看见那个人抱膝坐在山岩旁边。阮籍就登山去靠近他，对着他两脚张开地坐着。阮籍评论古代的事，往上述说黄帝、神农时代玄妙虚无的主张，往下考究夏、商、周三代盛大的美德，拿这些来问他，那人仰着头并不回答。阮籍又另外说儒家的有为主张，道家凝神导气的方法来看他的反应，他还是像原先那样，目不转睛地凝视着。阮籍便对着他长啸。过了很久，他才笑着说："可以再来一次。"阮籍又来了一次。待到意兴已尽，阮籍便退回到半山腰处，听到上面传来悠长的声音，好像几部器乐合奏，树林山谷都传来回声。阮籍回头一看，原来是刚才（之前）那个人在吟啸。

练习

1. 解释加点字的意思。

樵伐者咸共传说________ 籍登岭就之________

2. 翻译句子。

良久，乃笑曰："可更作。"

____

顾看，乃向人啸也。

____

3. 文章中，面对阮籍的发问和陈述，真人的态度如何？请分析其原因。

____

2

嵇康[①]游[②]于汲郡山中，遇道士孙登[③]，遂与之游。康临去，登曰：“君才则高矣，保身之道[④]不足[⑤]。”

注 释

①嵇康：“竹林七贤”之一。

②游：游玩。

③孙登：字公和，魏末晋初人，无家属，住在汲郡北山土窟中，好读《易经》，弹一弦琴。嵇康和他交往三年，问他的意图，他始终不肯回答。

④道：方法。

⑤足：够。

译 文

嵇康到汲郡的山里游玩，遇见了道士孙登，便和他交往。嵇康临走时，孙登说：“您的才能倒是很高了，可是保身的方法还不够。”

练 习

1.解释加点字的意思。

康临去________________ 保身之道不足________________

2.翻译句子。

嵇康游于汲郡山中。

____

4

李廞（xīn）是茂曾第五子，清贞有远操，而少羸①病，不肯婚宦②。居在临海，住兄侍中墓下。既有高名，王丞相欲招礼之，故辟③为府掾（yuàn）④。廞得笺命，笑曰："茂弘乃复⑤以一爵假⑥人！"

注 释

①羸：瘦弱。

②宦：做官。古诗中有"同是宦游人"。

③辟：征召，授予官职。

④掾：分曹治事的属吏，胥吏。

⑤乃复：竟然。

⑥假：借。引申为给予、赠送。

译 文

李廞是李茂曾的第五个儿子，为人清正，有高远的志向，可是从小就瘦弱多病，所以不肯结婚做官。他居住在临海郡，住在他哥哥侍中的陵园里。他有了很大的名望以后，王丞相想聘请并礼待他，所以征召他做相府的属官。李廞得到任命信，笑着说："茂弘（王丞相字茂弘）竟然拿一个官爵来送人。"

练 习

1. 解释加点字的意思。

故辟为府掾＿＿＿＿＿＿＿＿ 不肯婚宦＿＿＿＿＿＿＿＿

2. 翻译句子。

茂弘乃复以一爵假人！

＿＿＿＿＿＿＿＿＿＿＿＿＿＿＿＿＿＿＿＿

3. 李廞是个怎样的人？用原文回答。

＿＿＿＿＿＿＿＿＿＿＿＿＿＿＿＿＿＿＿＿

6

阮光禄在东山，萧然[①]无事，常内[②]足于怀。有人以问王右军[③]，右军曰：“此君近不惊宠辱，虽[④]古之沉冥[⑤]，何以过此？”

注释

①萧然：潇洒悠闲的样子。

②内：内心。

③王右军：指王羲之，他曾经担任过右军将军。

④虽：即使。

⑤沉冥：指沉思冥想玄寂之道的隐逸之士。

译文

阮光禄在东山隐居，清静无为，内心一直很感到很充足。有人因此问右军将军王羲之，王羲之说：“这位先生近来不因荣辱而动心，即使是古时的隐士，又怎么能超越这种境界？”

练习

1. 王右军，即著名书法家__________，他被称为______________，代表作是《__________》。

2. 翻译句子。

虽古之沉冥，何以过此？

____

12

戴安道既厉操[①]东山，而其兄欲建式遏(è)之功[②]。谢太傅曰："卿兄弟志业，何其太殊[③]？"戴曰："下官'不堪其忧'，家弟'不改其乐'[④]。"

注释

①厉操：砥砺节操。也就是磨炼自己，提高品德。这里指隐居。

②式遏之功：语出《诗经·大雅·民劳》中的"式遏寇虐"，意思是遏止对百姓的侵害掠夺。这里泛指抵御侵略，保国卫民。

③殊：不同。

④下官"不堪其忧"，家弟"不改其乐"：语出《论语》中的"一箪食，一瓢饮，在陋巷，人不堪其忧，回也不改其乐"。

译文

戴安道已经在东山隐居，而他哥哥想为国家建功立业。谢太傅（谢安）对他哥哥说："你们兄弟俩的志向、事业，怎么有这么大不同呢？"他哥哥回答说："下官受不了（隐居的）那种忧愁，舍弟却改不了那种乐趣。"

练习

"下官'不堪其忧'，家弟'不改其乐'"出自《论语》，请写出原文。

____

15

郗超每闻[①]欲高尚隐退者，辄[②]为办百万资，并为造立居宇。在剡(shàn)[③]为戴公起宅，甚精整。戴始往旧居，与所亲书[④]曰："近至剡，如官舍。"郗为傅约亦办百万资，傅隐事差互，故不果遗[⑤]。

注释

①闻：听说。

②辄：就。

③剡：地名，在浙江。李白诗《梦游天姥吟留别》有“送我至剡溪”。

④书：写书信。

⑤遗：赠送。

译文

郗超每当听说有人要保持高尚节操去隐居的时候，就为他们筹措百万钱，并且给他们盖房子。他在剡县给戴安道盖了房子，非常精致完备。戴安道刚去居住时，给亲友写信说：“最近到了剡县，（住宅）就像官府一样。”郗超也为傅约筹措了百万钱，后来傅约隐居一事蹉跎未遂，所以馈赠没有结果（没成功）。

对比阅读

性好闻人栖遁，有能辞荣拂衣者，超为之起屋宇，作器服，畜仆竖，费百金而不吝。——《晋书·郗超传》

练习

1.解释加点字的意思。

辄为办百万资____________ 故不果遗____________

2.翻译句子。

与所亲书曰。

____

贤媛第十九

2

汉元帝宫人既多，乃令画工图[1]之，欲有呼者，辄[2]披[3]图召之。其中常者，皆行货赂[4]。王明君[5]姿容甚丽，志不苟求[6]，工遂毁为其状。后匈奴来和，求美女于汉帝，帝以明君充行。既召见而惜之。但[7]名字已去，不欲中改，于是遂行。

注释

①图：名词作动词，画。

②辄：就。

③披：打开，翻阅。

④货赂：用钱贿赂。

⑤王明君：就是王昭君。王昭君是我国古代四大美女之一，名嫱。晋代时为了避司马昭的讳，称为王明君，也被称为明妃。杜甫诗有“生长明妃尚有村”。

⑥苟求：无原则地寻求。苟，苟且。

⑦但：只是。

译文

汉元帝的宫女很多了，于是就派画工去画下她们的模样，想要召见她们时，就打开画像按照图片召见。宫女之中相貌平常的人，都用钱贿赂画工。王昭君容貌非常美丽，不愿用不正当的手段去乞求画工，画工就毁坏（丑化）了她的容貌。后来匈奴来请求和亲，向汉元帝求赐美女，元帝便拿昭君当作皇族女嫁去。召见以后看见她的美貌又很舍不得，只是名字已经告诉了匈奴，不想中途更改，于是昭君去了匈奴。

拓展阅读

竟宁元年，（呼韩邪）单于复入朝，礼赐如初，加衣服锦帛絮，皆倍于黄龙时。单于自言愿婿汉氏以自亲。元帝以后宫良家子王嫱字昭君赐单于。单于欢喜，上书愿保塞上谷以西至敦煌，传之无穷，请罢边备塞吏卒，以休天子人民。——《汉书·匈奴传》

练 习

1. 解释加点字的意思。

乃令画工图之__________ 但名字已去__________

2. 翻译句子。

其中常者，皆行货赂。

____

欲有呼者，辄披图召之。

____

3. 结合文章内容，说说王昭君是怎样的人。

____

3

汉成帝幸①赵飞燕②，飞燕谗班婕妤③祝诅④，于是考⑤问。辞曰："妾闻死生有命，富贵在天。修善尚⑥不蒙福，为邪欲以何望？若鬼神有知，不受邪佞之诉；若其无知，诉之何益⑦？故⑧不为⑨也。"

注 释

①幸：宠幸，宠爱。

②赵飞燕：最初为阳阿公主家的歌伎，因体轻善舞而号"飞燕"。后来同

妹妹一起入宫，贵倾后宫。成帝死后，又被哀帝尊为皇太后。平帝即位后将其废为庶人。

③班婕妤：西汉女文学家，古代著名才女，是中国文学史上以辞赋见长的女文学家之一。善诗赋，有美德。初为少使，后被立为婕妤。她也是班彪的姑姑，班固、班超和班昭的祖姑。婕妤是宫中嫔妃的称号。

④祝诅：祝告鬼神，使加祸于别人。

⑤考：通“拷”。

⑥尚：尚且，还。

⑦益：好处。

⑧故：所以。

⑨为：做。

译文

汉成帝很宠爱赵飞燕，赵飞燕诬陷班婕妤祈求鬼神祸乱后宫，（汉成帝）于是拷问班婕妤。班婕妤写了供词说：“我听说死生由命运来决定，富贵随天意去安排。做好事尚且不一定得到福报，做坏事又想得到什么呢？如果鬼神有知觉，就不会接受那种邪恶谄佞的祷告；如果鬼神没有知觉，向它祷告又有什么好处？所以我是不做这种事的。”

对比阅读

鸿嘉三年，赵飞燕谮告许皇后、班婕妤挟媚道，祝诅后宫，詈及主上。许皇后坐废。考问班婕妤，婕妤对曰：“妾闻‘死生有命，富贵在天’。修正尚未蒙福，为邪欲以何望？使鬼神有知，不受不臣之诉；如其无知，诉之何益？故不为也。”上善其对，怜悯之，赐黄金百斤。——《汉书·外戚列传》

练习

1.解释加点字的意思。

汉成帝幸赵飞燕________________ 妾闻死生有命________________

2. 翻译句子。

故不为也。

____

3. 文中体现了班婕妤的智慧，请用简单的语言概括班婕妤是如何给自己辩护的。

____

8

许允①为晋景王所②诛③，门生走④入告其妇。妇正在机中，神色不变，曰："蚤⑤知尔⑥耳！"门人欲藏其儿，妇曰："无豫⑦诸儿事。"后徙居墓所，景王遣钟会看之，若才流及父，当收⑧。儿以咨⑨母。母曰："汝等虽佳，才具不多，率胸怀与语，便无所忧。不须极哀，会止便止。又可少⑩问朝事。"儿从⑪之。会反⑫以状⑬对⑭，卒⑮免。

注 释

①许允：字士宗，官至镇北将军，后被司马师（死后被追尊为晋景王）所害。

②为……所：被动句的标志。

③诛：杀。

④走：跑。

⑤蚤：通"早"。

⑥尔：这样。

⑦豫：通"与"，参与，关涉。"无豫诸儿事"指不关孩子们的事情。

⑧收：收押，逮捕。

⑨咨：询问。

⑩少：稍微。

⑪从：听从。

⑫反：通“返”，返回。

⑬状：情况。

⑭对：回答。

⑮卒：最终。

译文

许允被晋景王杀害了，他的门生跑进来告诉他的妻子。他妻子正在织机上织布，听到消息，神色不变，说：“早就知道会这样的！”门生想把许允的儿子藏起来，许允妻子说：“不关孩子们的事。”后来全家搬迁到许允的墓地住，景王派钟会去看他们，（并吩咐说）如果许允儿子的才能比得上他父亲，就应该逮捕他们。许允的儿子问母亲（怎么办），母亲说：“你们虽然都不错，可是才能不大，可以直率地用心里话和钟会交流，这样就没有什么可担心的。也不必哀伤过度，钟会不哭了，你们就不哭。还可以稍微问一下朝廷的事。”儿子听从母亲的吩咐去做了。钟会回去后，把情况回报景王，许允的儿子最终免于被收押。

练习

1.解释加点字的意思。

门生走入告其妇＿＿＿＿＿＿＿＿ 若才流及父＿＿＿＿＿＿＿＿

2.翻译句子。

会反以状对，卒免。

＿＿＿＿＿＿＿＿＿＿＿＿＿＿＿＿＿＿＿＿＿＿＿＿

3.许允的妻子是个怎样的人？

＿＿＿＿＿＿＿＿＿＿＿＿＿＿＿＿＿＿＿＿＿＿＿＿

10

王经少贫苦，仕[①]至二千石[②]，母语[③]之曰：“汝本寒家子，仕至二千石，此可以止乎！”经不能用。为[④]尚书，助魏，不忠于晋，被收[⑤]。涕泣辞母曰：“不从母敕（chì）[⑥]，以至今日！”母都无戚容[⑦]，语之曰：“为子则孝，为臣则忠。有孝有忠，何负[⑧]吾邪？”

注释

①仕：做官。

②二千石：汉代郡守的俸禄等级为二千石，后称郡守为二千石。

③语：告诉。

④为：担任。

⑤收：收押，逮捕。

⑥敕：告诫，也用于指皇帝的命令。

⑦戚容：忧伤的脸色。

⑧负：辜负。

译文

王经年少时家境贫苦，后来做官做到郡守的职位（俸禄达到两千石）时，他母亲对他说：“你本来是贫寒人家的子弟，现在做到郡守这么大的官，这就可以止步了吧！”王经没有采纳母亲的意见。后来他担任尚书，帮助魏朝，对晋朝的司马氏不忠，被收押了。他流着泪辞别母亲说：“我没有听从母亲的告诫，以至于到了今天这个地步！”他母亲一点忧伤的神色也没有，对他说：“做儿子就要孝顺，做臣子就要忠君；现在你有孝有忠，有什么辜负我呢？”

练习

1.解释加点字的意思。

母语之曰________ 为尚书________

2.翻译句子。

不从母敕，以至今日！

____

3.“为子则孝，为臣则忠。有孝有忠，何负吾邪？”分析这句话体现了王经母亲怎样的性格特点。

____

11

山公[①]与嵇、阮[②]一面，契若金兰[③]。山妻韩氏，觉公与二人异于常交，问公。公曰：“我当年[④]可以为友者，唯此二生耳！”妻曰：“负羁之妻[⑤]亦亲观狐、赵，意欲窥之，可乎？”他日，二人来，妻劝公止之宿，具[⑥]酒肉。夜穿墉(yōng)[⑦]以视之，达旦忘反[⑧]。公入曰：“二人何如[⑨]？”妻曰：“君才致殊不如，正当以识度相友耳。”公曰：“伊[⑩]辈亦常以我度为胜。”

注释

①山公：山涛，“竹林七贤”之一。

②嵇、阮：嵇康和阮籍，也是“竹林七贤”中的人物。

③契若金兰：语出《易·系辞上》中“二人同心，其利断金；同心之言，其臭如兰。”后来就用“金兰”指朋友同心同德、志同道合，或朋友交情深厚。金兰之交比喻情投意合的朋友。

④当年：此生，一生。

⑤负羁之妻：春秋时期曹国大夫僖负羁的妻子，她是一位独具慧眼的女性人物。《左传·僖公二十三年》记载，晋公子重耳带着狐偃、赵衰等人流亡国外时经过曹国，僖负羁的妻子仔细观察后，认为狐、赵等人均有辅助君王的才能，一定可以帮助重耳返回晋国执政。

⑥具：准备。

⑦墉：墙。

⑧反：通“返”，返回。

⑨何如：怎么样？

⑩伊：第三人称代词。

译文

山涛和嵇康、阮籍一见面，就觉得志投意合，建立了深厚的友谊。山涛的妻子韩氏，发现山涛和这两人的交情与和别人的交情不同，就问山涛。山涛说：“我一生可以作为朋友的人，只有这两个人罢了！”他妻子说：“僖负羁的妻子也曾亲自观察过狐偃和赵衰，我也想偷偷观察一下他们，行吗？”有一天，他们两人来了，山涛的妻子就劝山涛留他们住下来，并且准备好酒肉。到了晚上，她越过墙去观察这两个人，直到天亮都忘了要回去。山涛进来问道：“这两个人怎么样？”他妻子说：“您才能、情趣根本比不上他们，只能靠见识、气度和他们结交罢了。”山涛说：“他们也常常认为我的气度胜过他们。”

练习

1.解释加点字的意思。

觉公与二人异于常交__________ 具酒肉__________

2.翻译句子。

夜穿墉以视之，达旦忘反。

____

3.通过阅读选文，你觉得韩氏是一个怎样的人？

____

19

陶公[1]少有大志，家酷[2]贫，与母湛(zhàn)氏同居。同郡范逵素知名，举孝廉[3]，投侃宿。于时冰雪积日，侃室如悬磬(pán)[4]，而逵马仆甚多。侃母湛氏语侃曰：“汝但[5]出外留客，吾自为计。”湛头发委地[6]，下为二髲(bì)[7]，卖得数斛(hú)[8]米，斫(zhuó)[9]诸屋柱，悉割半为薪，锉(cuò)诸荐[10]以为[11]马草。日夕，遂设精食，从者皆无所乏。逵既叹其才辩，又深愧其厚意。明旦[12]去，侃追送不已，且[13]百里许。逵曰：“路已远，君宜还。”侃犹不返，逵曰：“卿可去矣！至洛阳，当相为美谈。”侃乃返。逵及洛，遂称之于羊晫(zhuó)、顾荣诸人，大获美誉。

注 释

①陶公：陶侃，字士行，晋庐江浔阳（今江西九江）人。年轻时家中贫困，入仕后勤于职事，很有政绩，声望颇高。曾任江夏、武昌太守，荆、广、江、湘等州刺史以及侍中、太尉等职，封长沙郡公。诗人陶渊明的曾祖父。

②酷：极，非常。

③孝廉：选举官吏的科目，要求是孝顺清廉，被选中的人也称为孝廉。

④室如悬磬：屋里就像挂着石磬一样。形容穷得什么也没有。

⑤但：只管，只要。

⑥委地：拖垂于地。

⑦髲：假发。

⑧斛：古代量器名，也是容量单位，一斛本为十斗，后来改为五斗。

⑨斫：砍。

⑩荐：草席，垫子。

⑪以为：把……作为。

⑫明旦：第二天早上。

⑬且：将近，将要。

译 文

陶侃小时候就有远大的志向，家里非常贫寒，和母亲湛氏住在一起。同郡人范逵一向很有名望，被举荐为孝廉，有一次到陶侃家临时住宿。当时冰雪已经下好几天了，陶侃家一无所有。可是范逵车马仆从很多。陶侃的母亲湛氏对陶侃说："你只管到外面留下客人，我自己来想办法。"湛氏头发长到可以拖到地上，她剪下来做成两条假发，卖了换到几斛米，又把屋内柱子都削下一半来做柴烧，把草垫子都剁了做草料喂马。到傍晚，她便摆上了精美的饮食，随从的人也都不欠缺（周到的招待）。范逵既赞赏陶侃的才智和口才，又对他的盛情款待深感愧谢。第二天早晨，范逵告辞，陶侃送了一程又一程，送了将近百里。范逵说："路已经走得很远了，您该回去了。"陶侃还是不肯回去。范逵说："你该回去了。我到了京都洛阳，一定给你美言一番。"陶侃这才回去。范逵到了洛阳，就在羊晫、顾荣等人面前称赞陶侃，使他获得了好名声。

对比阅读

陶侃，字士行，本鄱阳人也。吴平，徙家庐江之寻阳。父丹，吴扬武将军。侃早孤贫，为县吏。鄱阳孝廉范逵尝过侃，时仓卒无以待宾，其母乃截发得双髲，以易酒肴，乐饮极欢，虽仆从亦过所望。及逵去，侃追送百余里。逵曰："卿欲仕郡乎？"侃曰："欲之，困于无津耳。"逵过庐江太守张夔，称美之。——《晋书·陶侃传》

练 习

1.解释加点字的意思。

同郡范逵素知名________________　悉割半为薪________________

2.翻译句子。

汝但出外留客，吾自为计。

____

3.陶侃的母亲是个怎样的人？

____

20

陶公少时，作[①]鱼梁吏[②]，尝以坩[③]鲊[④]饷[⑤]母。母封鲊付使，反书[⑥]责侃曰：“汝为吏，以官物见[⑦]饷，非唯不益[⑧]，乃增吾忧也。”

注 释

①作：担任。

②鱼梁吏：掌管渔业的官。鱼梁是一种捕鱼的设施，以土石横截水流，留一缺口置竹篓，让鱼随水流入竹篓。

③坩：一种陶制器皿。

④鲊：经过加工的鱼类食品，如咸鱼、腌鱼等。

⑤饷：赠送。

⑥反书：写回信。

⑦见：放在动词前，表示对自己怎么样。

⑧益：好处。

译 文

陶公（即陶侃）年轻时，做过鱼梁吏，曾经用罐子装着腌鱼派人送给他母亲。母亲把腌鱼封好后又退给了使者，回信指责陶侃说：“你做官，把公家的东西送给我，这样不但对我没好处，反而会增加我的忧虑。”

练 习

1.解释加点字的意思。

尝以坩鲊饷母________________ 母封鲊付使________________

2.翻译句子。

非唯不益，乃增吾忧也。

____

3.结合文章，说说你从陶母身上得到什么启发。

____

24

桓车骑不好著[1]新衣。浴后，妇故[2]送新衣与[3]。车骑大怒，催使持去。妇更[4]持还，传语云："衣不经新，何由[5]而故[6]？"桓公大笑，著之。

注释

①著：通"着"，穿。

②故：特地，故意。

③与：给。

④更：再。

⑤由：原因。

⑥故：旧，这里指变旧。

译文

车骑将军桓冲不喜欢穿新衣服。有一次洗完澡，他妻子特地叫仆人送去新衣服给他，桓冲大怒，催仆人把衣服拿走。他妻子又叫人再拿回去，并且传话说："衣服不经过新的阶段，怎么能变成旧的呢？"桓冲听了大笑，就穿上了新衣。

练习

1.解释加点字的意思。

妇故送新衣与____________ 何由而故____________

2.翻译句子。

桓车骑不好著新衣。

____

术解第二十

2

荀勖(xù)尝[1]在晋武帝坐[2]上食笋进饭，谓在坐人曰：“此是劳薪[3]炊也。”坐者未之信[4]，密遣问之，实用故[5]车脚。

注　释

①尝：曾经。

②坐：通“座”，座位。

③劳薪：指以旧车轮当柴火，因车轮运转劳苦，故称“劳薪”。

④坐者未之信：在座的人不相信他的话。这是否定句中的宾语前置。

⑤故：旧的。

译　文

荀勖曾经在晋武帝的宴席上就着笋吃饭，他对在座的人说：“这是拿使用过度的木料作柴火煮的。”在座的人不相信他的话，（晋武帝）秘密派人去问这件事，确实是拿旧车轮作柴火煮成的。

练　习

1. 解释加点的字或短语。

尝在晋武帝坐上食笋进饭____________　谓在坐人曰____________

2. 翻译句子。

坐者未之信，密遣问之。

____

4

王武子善[1]解马性。尝乘一马，箸[2]连钱障泥[3]。前有水，终日[4]不肯渡。王云："此必是惜障泥。"使人解去，便径[5]渡。

注 释

①善：擅长，善于。

②箸：通"着"，穿着，披挂。

③连钱障泥：连钱此处指像相连铜钱的花纹。障泥即马鞯，垫在马鞍下垂覆马背两旁以障泥水的器具。

④终日：良久，很久。

⑤径：直接。

译 文

王武子善于了解马的性情。他曾经骑马外出，马背上盖着有连钱花纹的垫子，碰到前面有条河，马过了很长时间都不肯渡过去。王武子说："这一定是马爱惜自己的垫子。"王武子叫人解下垫子，马就直接渡过河去了。

练 习

1. 解释加点字的意思。

王武子善解马性____________ 此必是惜障泥____________

2. 翻译句子。

使人解去，便径渡。

____

3. 这个故事说明了王武子____________。（用原文回答）

5

陈述为大将军掾①，甚见②爱重。及③亡，郭璞④往哭之，甚哀，乃呼曰：“嗣祖，焉⑤知非福！”俄而⑥大将军作乱，如其所言。

注　释

①大将军掾：大将军的属官。

②见：表示被动。

③及：等到。

④郭璞：晋朝著名文学家，好古文、奇字，精天文、历算，擅诗赋，是游仙诗的祖师。

⑤焉：怎么，哪里。

⑥俄而：不久，一会儿。

译　文

陈述担任大将军王敦的属官，特别受到王敦的赏识和重视。到他死后，郭璞去哭丧，哭得非常悲痛，竟然哭喊着说：“嗣祖，怎么知道这不是你的福气！”不久大将军王敦就作乱，正像郭璞所说的那样。

练　习

1. 解释加点字的意思。

甚见爱重________________ 及亡，郭璞往哭之________________

2. 翻译句子。

乃呼曰：“嗣祖，焉知非福！”

____

7

郭景纯[①]过江[②]，居于暨(jì)阳，墓去[③]水不盈[④]百步，时人以为近水。景纯曰："将当为陆。"今沙涨，去墓数十里皆为桑田。其诗曰："北阜(fù)[⑤]烈烈，巨海混混；垒垒三坟，唯母与昆[⑥]。"

注释

①郭景纯：郭璞，字景纯。

②过江：指西晋灭亡，皇室东迁，在建康重建政权。很多王公贵族和大量的百姓也跟随过来，从北方过江移家江南。

③去：距离。

④盈：满。

⑤阜：山。

⑥昆：哥哥。

译文

郭景纯到了江南，住在暨阳县，他家的墓地距离大江不满百步，当时有人认为这离江太近了。景纯说："那里将要成为陆地。"现在泥沙已经积涨了，距离坟墓几十里远的地方都变成了桑田。郭景纯写了首诗说："北阜烈烈，巨海混混；垒垒三坟，唯母与昆。"

练习

1.解释加点字的意思。

墓去水不盈百步________________ 将当为陆________________

2.翻译句子。

去墓数十里皆为桑田。

____

11

殷中军妙解经脉[1]，中年都废。有常所给使，忽叩头流血。浩问其故[2]，云：“有死事，终不可说。”诘(jié)[3]问良久[4]，乃云：“小人母年垂[5]百岁，抱疾来久，若蒙官一脉，便有活理。讫(qì)[6]就屠戮无恨[7]。”浩感其至性，遂令舁(yú)[8]来，为诊脉处方。始服一剂汤，便愈。于是悉[9]焚经方[10]。

注释

①妙解经脉：指精通医术。

②故：原因。

③诘：追问，责问。

④良久：很久。

⑤垂：接近，快要。如“垂死之人。”

⑥讫：完结，终了。

⑦恨：遗憾。

⑧舁：抬。

⑨悉：全，都。

⑩焚经方：古代重道德教化而轻科技医学，医生的社会地位很低，殷浩身为高门显贵，担心为医生俗事所累，因此“悉焚经方”，以示摆脱世俗。

译文

殷中军（殷浩）精通医术，到中年就全都抛开不研究了。有一个常使唤的仆人，忽然给他磕头，磕到头破血流。殷浩问他是什么原因，他说：“有件事关人命的大事，不过终究不该说。”追问了很久，那人才说道：“小人的母亲将近百岁，从生病到现在已经很长时间了，如果能承蒙大人诊一次脉，就有办法活下去。事情完了之后，就算被杀也没有遗憾了。”殷浩被他真诚的孝心感动，就叫他把母亲抬来，给他母亲诊脉开药方。他母亲才服了一剂药，病就好了。从此殷浩把医书全都烧了。

练　习

1. 解释加点的字或词语。

诘问良久＿＿＿＿＿＿＿＿ 讫就屠戮无恨＿＿＿＿＿＿＿＿

2. 翻译句子。

浩感其至性，遂令舁来，为诊脉处方。

＿＿＿＿＿＿＿＿＿＿＿＿＿＿＿＿＿＿＿＿＿＿＿＿＿＿＿＿

于是悉焚经方。

＿＿＿＿＿＿＿＿＿＿＿＿＿＿＿＿＿＿＿＿＿＿＿＿＿＿＿＿

3. 你赞成“殷中军妙解经脉，中年都废”的做法吗？请说明理由。

＿＿＿＿＿＿＿＿＿＿＿＿＿＿＿＿＿＿＿＿＿＿＿＿＿＿＿＿

巧艺第二十一

1

弹棋[1]始自魏宫内，用妆奁(lián)[2]戏。文帝于此戏特妙，用手巾角拂之，无不中。有客自云[3]能，帝使[4]为之。客著葛巾[5]角，低头拂棋，妙逾[6]于帝。

注释

①弹棋：古代的一种棋类游戏。棋局采用华美的联玉料精工做成。棋盘正方形，中心高隆，四周平如砥砺，光彩映人。两人对局，在棋盘上放黑白子各十二颗，用手指或他物弹动棋子撞击对方棋子并攻破对方棋门以取得胜利。这种游戏起源于西汉，东汉逐渐失传，建安时宫女模仿弹棋，用金钗、玉梳在梳妆的镜匣上游戏，其后渐又盛行。

②妆奁：女子梳妆用的镜匣。后泛指嫁妆。

③云：说。

④使：让。

⑤葛巾：用葛布做的头巾。

⑥逾：超过。

译文

弹棋是从魏国后宫开始出现的，用梳妆的镜匣来做游戏。魏文帝玩这种游戏特别精妙，能用手巾角去弹起棋子，没有弹不中的。有位客人自称能这样做，文帝就让他做给自己看。客人戴着葛巾，就低着头用葛巾角去拨动棋子，他的巧妙超过了文帝。

练习

1. 解释加点字的意思。

妙逾于帝＿＿＿＿＿＿＿＿＿＿ 文帝于此戏特妙＿＿＿＿＿＿＿＿＿＿

2. 翻译句子。

有客自云能，帝使为之。

＿＿＿＿＿＿＿＿＿＿＿＿＿＿＿＿＿＿＿＿＿＿＿＿＿＿＿＿＿＿

2

陵云台楼观精巧，先称平①众木轻重，然后造构，乃无锱铢（zī zhū）②相负揭③。台虽高峻，常随风摇动，而终无倾倒之理。魏明帝登台，惧其势危，别以大材扶持之，楼即颓（tuí）④坏。论者谓轻重力偏故也。

注释

① 平：平衡，相等。

② 锱铢：旧制锱为一两的四分之一，铢为一锱的六分之一。比喻极其微小。有成语“锱铢必较”。

③ 负揭：高下失衡。

④ 颓：崩坏，倒塌。

译文

陵云台楼阁的结构精巧，建造之前先称过所有木材的轻重，使四面所用木材的重量相等，然后才建造，因此没有丝毫的高下失衡。楼台虽然高峻，常随风摇摆，却始终都没有倒塌的可能。魏明帝登上陵云台，害怕它情况危险，另外用大木头支撑着它，楼台随即就倒塌了。评论的人认为是重心偏向一边的缘故。

练 习

1. 解释加点字的意思。

台虽高峻__________ 别以大材扶持之__________

2. 翻译句子。

论者谓轻重力偏故也。

____

3. “陵云台楼观精巧”，精巧在什么地方？用原文回答。

____

4. 魏明帝派人用大木头一支，陵云台就倒塌了，这告诉我们什么道理？

____

5

羊长和博学工①书，能骑射，善围棋。诸羊后多知书，而射、弈②馀艺莫逮③。

注 释

①工：擅长，精通。

②弈：围棋。

③逮：及，达到。

译 文

羊长和学识广博，擅长书法，能骑马射箭，还善于下围棋。羊家后代很多懂书法，可是射箭、下棋这些技能，却没有谁能赶得上羊长和（都不及羊长和）。

练 习

1. 解释加点字的意思。

羊长和博学工书__________ 而射、弈馀艺莫逮__________

2. 翻译句子。

诸羊后多知书，而射、弈馀艺莫逮。

____

6

戴安道就①范宣②学，视范所为③：范读书亦读书，范钞④书亦钞书。唯独好画，范以为无用，不宜⑤劳思于此。戴乃画《南都赋图》；范看毕⑥咨嗟⑦，甚以为有益⑧，始重画。

注 释

①就：向，跟从。

②范宣：字宣子，陈留人，东晋儒学教育家，被召为太学博士、散骑郎，推辞不就。居家贫俭，以讲诵为业。

③所为：所作所为。

④钞：通“抄”，抄写。

⑤宜：应该。

⑥毕：完。

⑦咨嗟：赞叹，叹赏。

⑧益：好处。

译 文

戴安道向范宣学习，处处模仿范宣的所作所为：范宣读书，他也读书，范宣抄书，他也抄书。唯独戴安道喜欢绘画，范宣认为没有用处，不应该在这方面费心劳神。戴安道于是就画了《南都赋图》，范宣看完后，赞叹不已，认为很有好处，这才重视绘画。

拓展阅读

“班超”家贫，常为官佣书以供养。久劳苦，尝辍业投笔叹曰：“大丈夫无它志略，犹当效傅介子、张骞立功异域，以取封侯，安能久事笔砚间乎？”

——《后汉书·班超传》

注：为官佣书的意思是被官府雇佣抄书。

练　习

1. 解释加点的字或词语。

视范所为____________________　范钞书亦钞书 ______________________

2. 翻译句子。

范看毕咨嗟，甚以为有益，始重画。

____

3. 本文描写了戴安道和范宣师生之间____________的过程。

8

戴安道中年画行像[①]甚精妙。庾道季[②]看之，语[③]戴云：“神明[④]太俗，由[⑤]卿世情[⑥]未尽。”戴云：“唯务光[⑦]当免卿此语耳。”

注　释

①行像：这里指佛像。

②庾道季：即庾龢，晋太尉庾亮之子，官至中领军。

③语：告诉。

④神明：神韵。

⑤由：由于。

⑥世情：世俗的七情六欲。

⑦务光：古代的隐士。据说商汤要将天下让给他，他不肯接受，负石投水而死。

译 文

戴安道中年时画佛像，画得非常精妙。庾道季看了他的画，对他说：“神像画得太俗气，这是因为你还没有完全摆脱世俗之情。”戴安道说：“只有务光才能避免受到你这样的评论啊。”

练 习

解释加点字的意思。

语戴云__________________ 由卿世情未尽__________________

11

顾长康[1]好[2]写起人形。欲图[3]殷荆州[4]，殷曰：“我形恶，不烦耳。”顾曰：“明府[5]正为[6]眼尔[7]。但明点童子[8]，飞白[9]拂其上，使如轻云之蔽日。”

注 释

①顾长康：顾恺之，字长康，小字虎头，晋代杰出画家、诗人。顾恺之博学多才，擅诗赋、书法，尤善绘画。时人称之为三绝：画绝、文绝和痴绝。代表作品为《洛神赋图》《女史箴图》。

②好：喜欢。

③图：画。

④殷荆州：殷仲堪，东晋著名将领，他瞎了一只眼，因此后文说“形恶”。

⑤明府：对太守的尊称。

⑥为：因为。

⑦尔：同“耳”，而已，罢了。

⑧童子：同“瞳子”，瞳孔。

⑨飞白：中国画中一种枯笔露白的笔法。

译文

顾长康喜欢画人物。他想画荆州刺史殷仲堪，仲堪说：“我的相貌不好看，不麻烦你了。”顾长康说：“明府您只是因为眼睛罢了。只要明显地点出瞳孔，用飞白笔法轻轻掠过上面，让它像一抹轻云遮住太阳一样就行了。”

练习

1. 解释加点字的意思。

欲图殷荆州________________ 但明点童子________________

2. 翻译句子。

我形恶，不烦耳。

____

明府正为眼尔。

____

13

顾长康画人，或①数②年不点目精。人问其故③，顾曰：“四体④妍蚩(chī)⑤，本无关于妙处；传神写照⑥，正在阿堵⑦中。”

注释

①或：有的，有的时候。

②数：几。

③故：原因。

④四体：人的四肢，指人。也指书法的四种字体：正、草、隶、篆。

⑤妍蚩：同“妍媸”。美丑。

⑥写照：画人物肖像。

⑦阿堵：指示代词，这个。这里指眼睛。

译文

顾长康画人像，有的时候几年不点眼睛。有人问他什么原因，他说：“形体的美丑，本来就和画的神妙之处没有什么关系；画像要能传神，正是在这里面（眼睛里）。”

对比阅读

（顾恺之）尤善丹青，图写特妙，谢安深重之，以为有苍生以来未之有也。恺之每画人成，或数年不点目精。人问其故，答曰：“四体妍蚩，本无阙少于妙处，传神写照，正在阿堵中。”——《晋书》

练习

1.解释加点字的意思。

或数年不点目精________________

2.翻译句子。

人问其故。

____

3.顾长康画人“不点目睛”的原因是________________，这跟成语________________有些相似。

宠礼第二十二

1

元帝[1]正会[2]，引[3]王丞相登御床，王公固[4]辞，中宗引之弥[5]苦。王公曰："使[6]太阳与万物同晖[7]，臣下何以瞻仰[8]？"

注 释

①元帝：晋元帝司马睿，东晋第一个皇帝。文中的中宗是他的庙号。

②正会：皇帝元旦朝会群臣、接受朝贺的礼仪。元旦就是现在的正月初一。

③引：拉，牵拉。

④固：坚决。

⑤弥：更加。有成语"欲盖弥彰"。除此之外，"弥"字还有满的意思，比如"马畜弥山"就是马等牲畜满山都是的意思。

⑥使：假使，假如。

⑦晖：阳光。在《游子吟》里，有"谁言寸草心，报得三春晖"的句子。

⑧瞻仰：怀着崇高的敬意、严肃而恭敬地看着某人或某物。

译 文

晋元帝在元旦（正月初一）接受大臣们的朝贺时，拉着王丞相要他登上御座和自己坐在一起，王丞相坚决推辞，元帝更加恳切地拉着他。王导说："假使太阳和万物发出一样的光辉，臣下又怎么瞻仰太阳呢？"

对比阅读

帝（司马睿）命王导升御床共坐，导固辞曰："若太阳下同万物，苍生何由仰照？"帝乃止。——《晋书》

练习

1. 解释加点字的意思。

引王丞相登御床＿＿＿＿＿＿＿＿　王公固辞＿＿＿＿＿＿＿＿

2. 翻译句子。

使太阳与万物同晖，臣下何以瞻仰？

＿＿＿＿＿＿＿＿＿＿＿＿＿＿＿＿＿＿＿＿＿＿＿＿＿＿＿＿＿＿

3

王珣、郗超并有奇才，为大司马①所②眷拔③。珣为④主簿，超为记室参军。超为人多髯（rán），珣状⑤短小。于时荆州为之语曰："髯参军，短主簿。能令⑥公喜，能令公怒。"

注释

①司马：古代中央政府中掌管军政和军赋的辅政大臣。大将军、将军、校尉之属官都有司马，专掌兵事。隋唐州府佐吏有司马一人，位在别驾、长史之下，掌兵事，或为贬谪及闲散官员。比如柳宗元曾被贬为永州司马，白居易曾被贬为江州司马。这里的大司马指桓温。

②为……所：文言文中被动句的标志。

③眷拔：喜爱并提拔。

④为：担任。

⑤状：形容，样子。这里指身材容貌。

⑥令：让。

译 文

王珣和郗超都有特殊的才能，受到大司马的喜爱和提拔（被大司马喜爱和提拔）。王珣担任主簿，郗超担任记室参军。郗超这个人胡子很多，王珣身材矮小。当时荆州人给他们编了几句话说："大胡子的参军，矮个子的主簿；能让桓公欢喜，能让桓公发怒。"

拓 展

1.鬓、髭、须：古代对男性胡子的称呼分得比较详细，嘴唇上的叫髭，嘴唇下的叫须，面颊两边的是鬓。

2.三公：文言文中经常看到某人祖上位列三公，那么三公是什么呢？按照《礼记》的说法是司马、司徒、司空。按照《周礼》的说法是太傅、太保、太师。历代都有所不同，但地位都是非常高的。

对比阅读

郗超，字景兴，一字嘉宾。少卓荦不羁，有旷世之度，交游士林。善谈论，义理精微。超性好施，一日中散与亲故都尽。其任心独诣，皆此类也。桓温辟为征西大将军掾。温迁大司马，又转为参军。温英气高迈，罕有所推，与超言，常谓不能测，遂倾意礼待。超亦深自结纳。时王珣为温主簿，亦为温所重。府中语曰："髯参军，短主簿，能令公喜，能令公怒。"超髯，珣短故也。——《晋书》

练　习

1. 解释加点字的意思。

珣为主簿＿＿＿＿＿＿＿＿＿＿　珣状短小＿＿＿＿＿＿＿＿＿＿

2. 翻译句子。

王珣、郗超并有奇才，为大司马所眷拔。

＿＿＿＿＿＿＿＿＿＿＿＿＿＿＿＿＿＿＿＿＿＿＿＿＿＿＿＿＿＿

5

孝武在西堂会，伏滔预①坐。还，下车呼其儿，语②之曰："百人高会，临坐未得他语，先问：'伏滔何在？在此不③？'此故④未易得。为人作父如此，何如⑤？"

注　释

①预：参与，参加。

②语：告诉。

③不：通"否"，语气词。

④故：实在，的确。

⑤何如：怎么样？

译　文

晋孝武帝在西堂会见群臣，伏滔也在座。他回到家，一下车就叫他儿子来，告诉儿子说："举行上百人的盛会，（皇上）一落座，还没说其他的话，就先问：'伏滔在哪里？在这里吗？'这种宠爱实在是不容易得到的。做父亲的能达到这样，你看怎么样？"

拓展

下车的特殊意思：

现在的“下车”一般是指从车辆上下来。但是，在古代，下车还有一个特殊的意思，就是指官员刚刚到任。这是因为古代的官员被任命后一般都是坐车前往任职的地方，到了地方从车上下来，也就是到任了，也可以说是“下车伊始”。

练习

1. 解释加点字的意思。

语之曰________________ 在此不________________

2. 翻译句子。

此故未易得。为人作父如此，何如？

____

3. 从本文中可以看出伏滔是一个怎样的人，说说你的理解。

____

6

卞范之为①丹阳尹②，羊孚南州暂还，往卞许③，云：“下官疾动不堪坐。”卞便开帐拂褥，羊径④上大床，入被须枕。卞回坐倾睐（lài）⑤，移晨达莫⑥。羊去⑦，卞语曰：“我以第一理⑧期卿，卿莫负⑨我。”

注释

① 为：担任。

② 尹：官名。比如古代有令尹、府尹等。

③ 许：处所，地方。

④径：直接。

⑤倾睐：斜着眼睛看，这里指注目看着。睐：看。

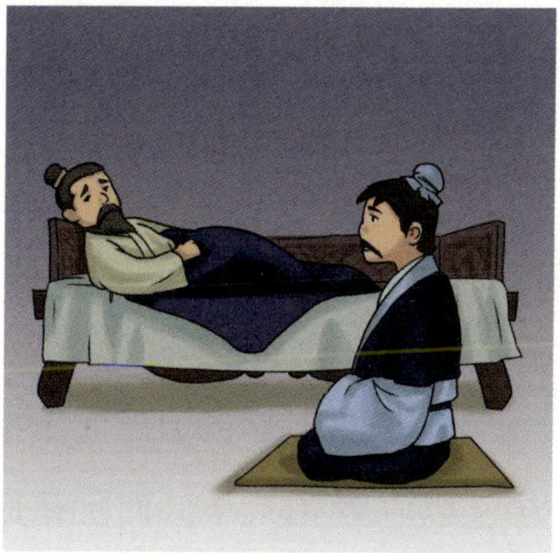

⑥莫：通“暮”，天黑。

⑦去：离开。

⑧第一理：这里指第一等善于谈论义理的人。

⑨负：辜负。

译　文

卞范之担任丹阳尹的时候，羊孚从南州暂时回来，到卞范之的住处去看望他，说：“下官疾病发作，不能够坐。”卞范之就拉开帐子，把褥子掸干净，羊孚直接上了大床，盖上被子，靠着枕头。卞范之返回座位坐着，注视着他，从早晨一直到晚上。羊孚要离开了，卞范之对他说：“我期望你成为第一等善于谈论义理的人，你不要辜负了我！”

练　习

1. 解释加点字的意思。

往卞许________________ 羊径上大床________________

卿莫负我________________

2. 翻译句子。

卞回坐倾睐，移晨达莫。

____

任诞第二十三

2

阮籍遭母丧，在晋文王坐[①]进[②]酒肉。司隶何曾亦在坐，曰："明公[③]方[④]以[⑤]孝治天下，而阮籍以重丧[⑥]，显于公坐饮酒食肉，宜[⑦]流之海外[⑧]，以正风教。"文王曰："嗣宗毁顿[⑨]如此，君不能共忧之，何谓？且有疾而饮酒食肉，固丧礼[⑩]也！"籍饮啖不辍（chuò）[⑪]，神色自若。

注释

①坐：通"座"，座位。

②进：吃，喝。现在还有"进食""进餐""粒米未进"等说法。

③明公：古代对有地位名望的人的尊称。

④方：正，正在。

⑤以：用。

⑥重丧：旧谓家属有两人相继死亡。重，重复、双重。

⑦宜：应该。

⑧海外：本指我国国境以外的地方，这里泛指边远地区。

⑨毁顿：指居丧过哀而导致损害身体、精神疲惫。

⑩有疾而饮酒食肉，固丧礼：据《礼记·曲礼上》载，居丧时如身体疲乏不舒适可以饮酒食肉，这也合于丧礼；居丧不能坚持到底才是最大的不孝。固，本来。

⑪辍：停止。

译文

阮籍在为母亲服丧期间，在晋文王司马昭的宴席座位上喝酒吃肉。司隶校尉何曾也在座，他对晋文王说："明公您正在用孝道治理天下，可是阮籍在服重丧期间却公然在您的宴席上喝酒吃肉，应该把他流放到偏远的地方去，（借此）来端正风俗教化。"文王说："嗣宗（阮籍的字）哀伤劳累到这个样子，您不能和我一道为他担忧，还说什么呢！再说有病而喝酒吃肉，这本来就合乎丧礼啊！"阮籍在那里又吃又喝不停下来，神色自若。

练 习

1. 解释加点字的意思。

宜流之海外____________ 籍饮啖不辍____________

2. 翻译句子。

明公方以孝治天下。

____

籍饮啖不辍，神色自若。

____

9

阮籍当葬母，蒸一肥豚①，饮酒二斗，然后临诀②，直言"穷矣③"！都④得一号，因⑤吐血，废顿⑥良久⑦。

注 释

①肥豚：肥美的小猪。

②诀：辞别，多指不再相见的分别。

③穷矣：完了。晋时的习俗，孝子遭父母丧，按照惯例要哭喊"奈何""穷已"。

④都：总，总共。

⑤因：于是。

⑥废顿：僵卧不起，昏迷。这里指晕倒了。

⑦良久：很久。

译 文

阮籍在安葬母亲的时候，蒸熟了一只小肥猪（吃了），喝了两斗酒，然后去向母亲遗体做告别，只是叫“完了”！总共才号哭了一声，就吐血，昏倒了很久。

对比阅读

（阮籍）性至孝，母终，正与人围棋，对者求止，籍留与决赌。既而饮酒二斗，举声一号，吐血数升。及将葬，食一蒸肫，饮二斗酒，然后临诀，直言“穷矣”，举声一号，因又吐血数升，毁瘠骨立，殆致灭性。——《晋书》

练 习

解释加点的字或词语。

因吐血__________ 都得一号__________ 废顿良久__________

17

刘道真少[1]时，常渔[2]草泽，善[3]歌啸，闻者莫[4]不留连。有一老妪[5]，识其非常[6]人，甚乐其歌啸，乃杀豚进之。道真食豚尽，了[7]不谢。妪见不饱，又进一豚，食半余半，乃[8]还之。后为吏部郎，妪儿为小令史，道真超用之。不知所由[9]，问母，母告之。于是赍（jī）[10]牛酒诣[11]道真，道真曰：“去！去！无可复用相报。”

注 释

①少：年纪小，年轻。

②渔：捕鱼。

③善：擅长，善于。

④莫：没有人，没有谁。

⑤老妪：老妇人，老太太。

⑥非常：不是平常的，不是普通的。

⑦了：完全，全然。

⑧乃：就。

⑨由：原因。

⑩赍：携带。

⑪诣：拜访。

译 文

刘道真年轻时，常常在草泽捕鱼，他擅长唱歌、呼啸，听到的没有人不流连忘返的。有一个老妇人，看出他不是一个普通的人，而且很喜欢他的歌声、啸声，就杀了只小猪送给他吃。道真吃完了小猪，完全没有道谢的意思。老妇人看见他还没吃饱，又送上只小猪。刘道真吃了一半，剩下一半，就（把剩下的）送还给老妇人。后来刘道真担任吏部郎，老妇人的儿子担任职位低下的令史，道真就越级任用他。他不知道是什么原因，去问母亲，母亲告诉他经过。于是他带上牛肉和酒去拜见道真，道真说："走吧，走吧！我没有什么可以再用来回报你的了。"

练 习

1.解释加点字的意思。

善歌啸________________ 闻者莫不留连________________

于是赍牛酒诣道真________________________________

2.翻译句子。

有一老妪，识其非常人，甚乐其歌啸，乃杀豚进之。

____

3. 刘道真是个怎样的人？

____

22

贺司空入洛赴命，为太孙舍人[1]。经吴阊门，在船中弹琴。张季鹰[2]本不相识，先在金阊亭，闻弦甚清，下船就[3]贺，因[4]共语。便大相知说[5]。问贺："卿欲何之[6]？"贺曰："入洛赴命，正尔进路。"张曰："吾亦有事北京[7]。"因路寄载，便与贺同发。初不告家，家追问乃[8]知。

注　释

①舍人：官职名。

②张季鹰：名叫张翰，晋代文学家。辛弃疾的词中曾经提到过他："休说鲈鱼堪脍，尽西风，季鹰归未？"

③就：靠近。

④因：于是。

⑤说：通"悦"，高兴。

⑥之：到，往。

⑦北京：北上进京。当时江南人称西晋洛阳为北京。

⑧乃：才。

译　文

贺司空到京城洛阳去接受皇帝诏命，担任太孙舍人，经过吴地（苏州）的阊门时，在船上弹琴。张季鹰本来不认识他，他先在金阊亭上，听见琴声非常清雅，就下船去找贺司空，于是就一起谈论起来，彼此加深了了解，非常高兴。张季鹰问贺司空："您要到哪里去？"贺司空说："到洛阳去就职，正在赶路。"张季鹰说："我也有事情要北上进京。"于是（张季鹰）顺路搭船，就和贺司空一同出发。他开始的时候并没有告诉家里人，家里人追问起来才知道这回事。

练 习

1.解释加点字的意思。

为太孙舍人__________ 家追问乃知__________

2.翻译句子。

问贺："卿欲何之？"

____

张曰："吾亦有事北京。"

____

3.张季鹰是个怎样的人？

____

46

王子猷[①]尝暂寄[②]人空宅住，便令种竹。或[③]问："暂住何烦尔[④]？"王啸咏良久[⑤]，直指竹曰："何可一日无此君？"

注 释

①王子猷：王羲之的第五个儿子，名叫王徽之，也是著名的书法家，在当时很有名。

②寄：依靠，依附。这里是寄居，借住的意思。

③或：有人，有的人。

④尔：这样。

⑤良久：很久。

译 文

王子猷曾经暂时借住别人的空房，住进去就让仆人种竹子。有人问他：“暂时住一下，何必这样麻烦呢！”王子猷啸咏了好久，才指着竹子说：“怎么可以一天没有这位先生呢？”

对比阅读

尝寄居空宅中，便令种竹。或问其故，徽之但啸咏，指竹曰：“何可一日无此君邪！”——《晋书》

拓 展

宁可食无肉，不可居无竹。这句话出自苏轼的诗：“宁可食无肉，不可居无竹。无肉令人瘦，无竹令人俗。人瘦尚可肥，士俗不可医。”为什么古人这么喜欢竹子呢？为什么要把它和梅、兰、菊一起称为“四君子”呢？这是因为竹子都是笔直的，而且不管严寒还是酷暑，都是绿的。按照古人的说法，竹子有以下的品德：竹身形挺直，宁折不弯，是曰正直；竹虽有竹节，却不止步，是曰奋进；竹外直中空，襟怀若谷，是曰虚怀；竹有花不开，素面朝天，是曰质朴；竹超然独立，顶天立地，是曰卓尔；竹虽曰卓尔，却不似松，是曰善群；竹载文传世，任劳任怨，是曰担当。所以，古代的文人雅士都很喜欢竹子。

练 习

1.解释加点字的意思。

便令种竹________________ 或问：“暂住何烦尔？”________________

2.翻译句子。

何可一日无此君？

____

3.王子猷寄居在他人家里也不可无竹，请结合实际生活，谈谈你对他这种做法的看法。

____

47

王子猷居山阴，夜大雪，眠觉，开室，命酌(zhuó)酒，四望皎然。因起彷徨[1]，咏左思[2]《招隐诗》。忽忆戴安道，时戴在剡，即便夜乘[3]小船就之。经宿方[4]至，造[5]门不前而返。人问其故[6]，王曰：“吾本乘[7]兴而行，兴尽而返，何必见戴？”

注　释

①彷徨：彷徨，因心神不宁或者犹豫不决而来回走动。

②左思：晋朝人，外貌丑陋，但博学能文，曾花十年时间写成《三都赋》（分别描写三国时蜀都益州、吴都建业、魏都邺的山川风物、政治经济等情况），世人竞相传写，一时洛阳纸贵。

③乘：坐，乘坐。

④方：才。

⑤造：到。

⑥故：原因。

⑦乘：趁着。

译　文

王子猷住在山阴县，有一天夜里下大雪，他一觉醒来，打开房门，命令仆人斟酒来喝。他向四周望去，天地间一片皎洁，（心生感想）于是起身来回走动，吟咏左思的《招隐诗》。忽然想起戴安道，当时戴安道住在剡县，他于是连夜坐小船去找他。船走了一夜才到，到了戴家门口，王子猷没有进去就原路返回了。有人问他原因，王子猷说：“我本是趁着一时兴致去的，兴致没有了就回来，为什么一定要见到戴安道呢？”

对比阅读

尝居山阴，夜雪初霁，月色清朗，四望皓然，独酌酒咏左思《招隐诗》，忽忆戴逵。逵时在剡，便夜乘小船诣之，经宿方至，造门不前而反。人问其

故，徽之曰：“本乘兴而行，兴尽而反，何必见安道邪！”——《晋书》

拓　展

《招隐诗》：西晋文学家左思的作品。共两首，属于魏晋隐逸文学的代表作品，第一首最为脍炙人口，这首诗描写隐士的生活及居住环境，表达了诗人不与世俗同流合污的决心。第一首全诗如下：

杖策招隐士，荒涂横古今。
岩穴无结构，丘中有鸣琴。
白云停阴冈，丹葩曜(yào)阳林。
石泉漱琼瑶，纤鳞或浮沉。
非必丝与竹，山水有清音。
何事待啸歌？灌木自悲吟。
秋菊兼糇(hóu)粮，幽兰间重襟。
踌躇(chóu chú)足力烦，聊欲投吾簪。

练　习

1. 解释加点的字或词语。

夜大雪__________ 经宿方至__________ 造门不前而返________________

2. 翻译句子。

人问其故，王曰：“吾本乘兴而行，兴尽而返，何必见戴？”

____

3. 本文写了一件什么事？表现了王子猷怎样的性格？

____

51

王孝伯问王大：“阮籍何如[1]司马相如[2]？”王大曰：“阮籍胸中垒块[3]，

故[4]须酒浇之。”

注　释

①何如：和……比怎么样。

②司马相如：字长卿，西汉著名的辞赋家，“汉赋四大家”之一，被誉为“赋圣”，代表作品有《子虚赋》《上林赋》等。

③垒块：比喻心中郁结的气愤或愁闷。也可以说是“块垒”。

④故：所以。

译　文

王孝伯问王大：“阮籍和司马相如比怎么样？”王大说：“阮籍心中郁积着不平之气，所以必须用酒来浇。”

练　习

1. 解释加点字的意思。

故须酒浇之 ____________________

2. 翻译句子。

阮籍何如司马相如？

____

3. 司马相如是______（朝代）著名的辞赋家，被誉为________，代表作品有________《上林赋》等。

简傲第二十四

2

王戎弱冠[①]诣[②]阮籍，时刘公荣在坐。阮谓王曰："偶有二斗美酒，当与君共饮。彼公荣者，无预[③]焉。"二人交觞（shāng）[④]酬酢（zuò）[⑤]，公荣遂不得一杯，而言语谈戏，三人无异[⑥]。或有问之者，阮答曰："胜[⑦]公荣者，不得不与饮酒；不如[⑧]公荣者，不可不与饮酒；唯公荣，可不与饮酒。"[⑨]

注　释

①弱冠：古代男子20岁行冠礼，表示已经成年。后来指20岁左右的年纪。

②诣：拜访。

③预：参与，参加。

④觞：古代盛酒的器具。

⑤酬酢：主人客人互相敬酒。后来也泛指朋友间互相应酬。酢：客人用酒回敬主人。

⑥异：不同。

⑦胜：超过。

⑧不如：比不上。

⑨《任诞第二十三》中公荣曾说："胜公荣者，不可不与饮；不如公荣者，亦不可与饮；是公荣辈者，又不可不与饮。"这里是用公荣的话来调侃。

译　文

王戎二十来岁的时候去拜访阮籍，当时刘公荣也在座。阮籍对王戎说："正好我有两斗好酒，应当和您一起喝，那个刘公荣，就不要参与进来了。"两人相对饮酒，互相敬酒，刘公荣最终没有得到一杯酒喝，可是他们说话谈笑，和三个人没有什么不同。有人问为什么这样做，阮籍回答说："超过公荣的人，我不能不和他一起喝酒；比不上公荣的人，又不可不和他一起喝酒；只有公荣这个人，可以不和他一起喝酒。"

练　习

1. 解释加点字的意思。

王戎弱冠诣阮籍＿＿＿＿＿＿＿＿　无预焉＿＿＿＿＿＿＿＿

2. 翻译句子。

胜公荣者，不得不与饮酒；不如公荣者，不可不与饮酒；唯公荣，可不与饮酒。

＿＿＿＿＿＿＿＿＿＿＿＿＿＿＿＿＿＿＿＿＿＿＿＿＿＿＿＿

3. 阮籍不给刘公荣酒喝而与王戎共饮，真正的原因是什么？

＿＿＿＿＿＿＿＿＿＿＿＿＿＿＿＿＿＿＿＿＿＿＿＿＿＿＿＿

3

钟士季①精有才理，先②不识嵇康。钟要③于时贤俊之士，俱④往寻康。康方⑤大树下锻，向子期⑥为佐⑦鼓排⑧。康扬槌（chuí）⑨不辍⑩，傍若无人，移时⑪不交一言。钟起去⑫，康曰："何所闻而来？何所见而去？"钟曰："闻所闻而来，见所见而去。"

注　释

①钟士季：即钟会。魏国著名的大臣，书法家钟繇的儿子，很有才华。后来在灭蜀之后，企图造反，结果死于乱军之中。他寻访嵇康受到冷遇，因而怀恨在心，后来借其他的事诬陷嵇康。

②先：以前，之前。

③要：通"邀"，邀请。

④俱：一起。

⑤方：正，正在。

⑥向子期：向秀，“竹林七贤”之一，代表作品《思旧赋》。

⑦佐：辅助，帮助。

⑧鼓排：拉风箱。风箱是中国古代的一种工具，能产生风力，使炉火更旺盛。风箱由一个木箱、一个推拉的木制把手和活动木箱构成。操作人员用手拉开活动木箱，空气通过进气口使风箱的皮囊内充满空气，而且并不塌缩，再拉动其体能够将其内的空气压出，空气通过输风管，可以进入熔炼炉中，用于炼铁。歇后语风箱里的老鼠——两头受气，就是从这里来的。

⑨槌：捶击的器具，类似棒子，一般一头较粗或呈球形。

⑩辍：停止。

⑪移时：一会儿，过了一段时间。

⑫去：离开。

译文

钟士季精明有才思，他以前不认识嵇康。钟士季邀请当时一些才德出众的人一起去寻访嵇康。嵇康正在大树下打铁，向子期帮助他拉风箱。嵇康不停地挥动铁槌，仿佛旁边没有人，过了一段时间，也没有和钟士季说一句话。钟士季起身要离开，嵇康才问他：“听到了什么才来的？看到了什么才离开的？”钟士季说：“听到了所听到的才来，看到了所看到的才离开。”

对比阅读

初，（嵇）康居贫，尝与向秀共锻于大树之下，以自赡给。颍川钟会，贵公子也，精练有才辩，故往造焉。康不为之礼，而锻不辍。良久会去，康谓曰：“何所闻而来？何所见而去？”会曰：“闻所闻而来，见所见而去。”会以此

憾之。——《晋书·嵇康传》

练　习

1. 解释加点字的意思。

康方大树下锻＿＿＿＿＿＿＿＿＿＿＿＿ 钟起去＿＿＿＿＿＿＿＿＿＿＿＿

2. 翻译句子。

钟要于时贤俊之士，俱往寻康。

＿＿＿＿＿＿＿＿＿＿＿＿＿＿＿＿＿＿＿＿＿＿＿＿＿＿＿＿＿＿

12

谢公尝与谢万共出西①，过吴郡。阿万欲相与共萃（cuì）②王恬③许，太傅云："恐伊④不必⑤酬汝，意不足⑥尔！"万犹苦要⑦，太傅坚不回⑧，万乃独往。坐少时，王便入门内，谢殊有欣色，以为厚待己。良久，乃沐头散发而出，亦不坐，仍据胡床⑨，在中庭⑩晒头，神气傲迈，了无相酬对意。谢于是乃还。未至船，逆呼⑪太傅。安曰："阿螭（chī）不作⑫尔！"

注　释

①出西：谢安、谢万住在建康东面的会稽，因此到建康去叫作出西。

②萃：聚集。

③王恬：小字螭虎，当时担任吴郡太守。他是王导的儿子，出身名门，所以对新兴的谢氏家族轻视而没有礼貌。

④伊：这里是第三人称代词。另外，伊的意思还有：那，比如"所谓伊人，在水一方"中的"伊"；或作文言文助词，无义，比如前文中"下车伊始"的"伊"。

⑤不必：不一定。必，有一定的意思。

⑥足：值得。

⑦要：通“邀”，邀请。

⑧回：改变。

⑨胡床：一种可以折叠的轻便坐具，也叫交椅。

⑩中庭：院子。

⑪逆呼：迎头大喊。

⑫不作：不交往应酬，不打交通。

译 文

谢公（即谢安）曾经和谢万一起西行去建康，经过吴郡时，谢万想和谢安一起到王恬的住处（在王恬处聚集），太傅（谢公）说：“恐怕他不一定理睬你，我认为不值得这样做。”谢万还是苦苦邀请太傅谢安，太傅谢安坚决不改变主意，谢万就独自一人去。谢万到王恬家坐了一会儿，王恬就进里面去了，谢万显出欣喜的神色，认为王恬将会好好地招待自己。过了很久，王恬竟然洗完头披散着头发出来，也不陪客人坐，就在胡床上，在院子里晒头发，神情傲慢，一点也没有应酬答对客人的意思。谢万于是就回去了，还没有回到船上，先迎头呼喊谢公。谢公说：“阿螭没有和你打交道啊。”

练 习

1. 解释加点的字或词语。

阿万欲相与共萃王恬许______________ 谢殊有欣色______________

2. 翻译句子。

万犹苦要，太傅坚不回，万乃独往。

____

3. 你如何评价王恬的行为？

____

排调第二十五

3

钟毓(yù)为黄门郎[1]，有机警，在景王坐燕[2]饮。时陈群子玄伯、武周子元夏同在坐，共嘲毓。景王曰："皋繇(gāoyáo)[3]何如[4]人？"对曰："古之懿(yì)[5]士。"顾[6]谓玄伯、元夏曰："君子周而不比[7]，群而不党[8]。"

注释

①黄门郎：又叫黄门侍郎，是给事于宫门之内的郎官，为皇帝近侍之臣，顾问应对，出则陪乘，汉代以后沿用此官职，明清时期为从二品官员。

②燕：通"宴"。

③皋繇：也写作皋陶，传说中伟大的思想家、教育家、政治家，上古四圣之一。

④何如：怎么样。

⑤懿：美好。懿士指有美好品德的人。

⑥顾：看，回头看。

⑦君子周而不比：出自《论语》"君子周而不比，小人比而不周"，大意是君子团结而不勾结，小人勾结而不团结。

⑧群而不党：出自《论语》"君子矜而不争，群而不党"，大意是君子庄重自尊不与人争强好胜，和别人合群但是不结党营私。

译文

钟毓担任黄门侍郎，机灵敏锐，有一次在景王的宴席上喝酒吃饭。当时陈群的儿子玄伯、武周的儿子元夏一同在座，他们一起嘲笑钟毓。景王问："皋繇是怎样的一个人？"钟毓回答说："是古代有美好品德的人。"又回过头对玄伯、元夏说："君子团结别人但是不勾结在一起，和别人合得来但是不结党营私。"

练　习

1.解释加点字的意思。

对曰__________ 顾谓玄伯、元夏曰__________

2.翻译句子。

君子周而不比，群而不党。

____

3.钟毓的回答说明他__________。（用原文回答）

5

晋武帝①问孙皓②："闻南人好作《尔汝歌》③，颇④能为不⑤？"皓正饮酒，因举⑥觞劝帝而言曰："昔与汝为邻，今与汝为臣。上汝一杯酒，令汝寿万春。"帝悔之。

注　释

①晋武帝：指司马炎。

②孙皓：三国时期吴国的最后一个皇帝。他刚刚当皇帝时励精图治，但后来沉迷于酒色，变得残暴凶虐，大失人心。后来吴国被灭后，被晋朝封为归命侯，死在了洛阳。

③《尔汝歌》：魏晋时盛行于南方的民歌。歌中经常以"尔""汝"等称谓来表示亲昵。

④颇：疑问副词，可。

⑤不：通"否"，语气词。

⑥举：举起，抬起。

译文

晋武帝问孙皓："听说南方人喜欢作《尔汝歌》，你可以作一首吗？"孙皓正在饮酒，于是举杯向武帝劝酒并且说："从前和你是邻居，如今给你做大臣。给你献上一杯酒，让你长寿活万年。"武帝听了很后悔。

练习

1. 解释加点字的意思。

闻南人好作《尔汝歌》，颇能为不________________

2. 翻译句子。

皓正饮酒，因举觞劝帝而言曰。

____

18

王丞相枕周伯仁膝，指其腹曰："卿此中何所①有？"答曰："此中空洞无物，然②容卿辈数③百人。"

注释

①所：……东西。

②然：然而。

③数：几。

译文

王丞相枕在周伯仁的膝上，用手指着他的肚子说："你这里面有什么东西？"周伯仁回答说："这里空空洞洞没有东西，然而可以容纳下几百个像你这样的人。"

练习

1. 解释加点字的意思。

卿此中何所有________________

2. 翻译句子。

此中空洞无物，然容卿辈数百人。

____

26

谢公在东山，朝命屡降而不动。后出为桓宣武司马，将发新亭，朝士咸①出瞻送②。高灵时为③中丞，亦往相祖④。先时，多少饮酒，因倚⑤如醉，戏⑥曰："卿屡违朝旨，高卧东山，诸人每相与⑦言：'安石不肯出，将如苍生⑧何？'今亦苍生将如卿何？"谢笑而不答。

注释

①咸：全，都。

②瞻送：送行，多指送人远行时看着他离去。

③为：担任。

④祖：原指古时候人们出行时祭祀路神，在这里引申为饯行送别。

⑤倚：假托，借着。

⑥戏：开玩笑。

⑦相与：一起，共同。

⑧苍生：百姓。

译文

谢公（谢安）在东山隐居，朝廷屡次下令征召他入朝做官，他都不为所动。

后来，他出山担任桓温的司马，将要从新亭出发的时候，朝中官员都来为他送行。高灵当时担任御史中丞，也来为他饯行。来之前，他已经喝了些酒，于是就借着醉意，开玩笑地说道："你屡次违背朝廷的命令，隐居在东山，众人总是相互议论说：'安石不肯出山，百姓将怎么办呢？'如今百姓该怎么看你呢？"谢安听后笑了笑，没有回答。

练　习

1.解释加点字的意思。

朝士咸出瞻送________________ 因倚如醉，戏曰________________

2.翻译句子。

诸人每相与言："安石不肯出，将如苍生何？"

____

3.出自本文的一个成语是____________，它的意思是________________。

27

初，谢安在东山居，布衣[①]，时兄弟已有富贵者，翕（xī）[②]集家门，倾动人物。刘夫人戏[③]谓安曰："大丈夫不当如此乎？"谢乃捉鼻[④]曰："但[⑤]恐不免耳！"

注　释

①布衣：本来是指麻布衣服，因为是普通百姓穿的，所以后来布衣就用以借指平民百姓了。比如诸葛亮的《出师表》里有"臣本布衣，躬耕于南阳"，平民百姓之间的交情也叫作"布衣之交"。

②翕：聚集，合。翕集就是聚集的意思。柳宗元《小石潭记》里有："潭中鱼可百许头，皆若空游无所依，日光下澈，影布石上。佁然不动，俶尔远逝，往来翕忽。"

③戏：开玩笑。

④捉鼻：捏着鼻，表示鄙夷不屑的意思。

⑤但：只是。

译文

当初，谢安在东山隐居，是个平民（还没有当官），当时他的兄弟之中已经有得到富贵的，都聚集在他这一家之中，令社会人士倾服。刘夫人对谢安开玩笑说："大丈夫不应当这样吗？"谢安便捏着鼻子说："只怕是避免不了呢。"

练习

1. 解释加点的字或词语。

布衣____________ 但恐不免耳____________

2. 翻译句子。

刘夫人戏谓安曰："大丈夫不当如此乎？"

____

30

张吴兴年八岁，亏①齿，先达②知其不常③，故④戏之曰："君口中何为开狗窦⑤？"张应声答曰："正使⑥君辈从此中出入！"

注释

①亏：缺损。

②先达：有德行、有声望的前辈。

③常：普通，平凡。

④故：故意。

⑤狗窦：狗洞。在大门边上或门上开设的小洞，目的是方便家里的狗（或者猫）能够自

由出入。

⑥使：让。

译 文

张吴兴八岁那年，缺损了牙齿，有个有德行有声望的前辈知道他不平凡，故意戏弄他说："你嘴里为什么开了个狗洞？"他应声回答说："正是为了让你们这样的人从这里出入。"

拓 展

狗窦大开： 用以嘲笑人缺少牙齿。

练 习

1. 解释加点字的意思。

故戏之曰________________ 亏齿________________

2. 翻译句子。

正使君辈从此中出入！

____

3. 张吴兴是个怎样的孩子？

____

40

张苍梧是张凭之祖[①]，尝语[②]凭父曰："我不如[③]汝。"凭父未解所以[④]。苍梧曰："汝有佳儿。"凭时年数岁，敛手[⑤]曰："阿翁，讵[⑥]宜以子戏父？"

注 释

①祖：祖父。

②语：告诉。

③不如：比不上。

④所以：……的原因。

⑤敛手：拱手，表示恭敬。

⑥讵：怎么，哪里。

译 文

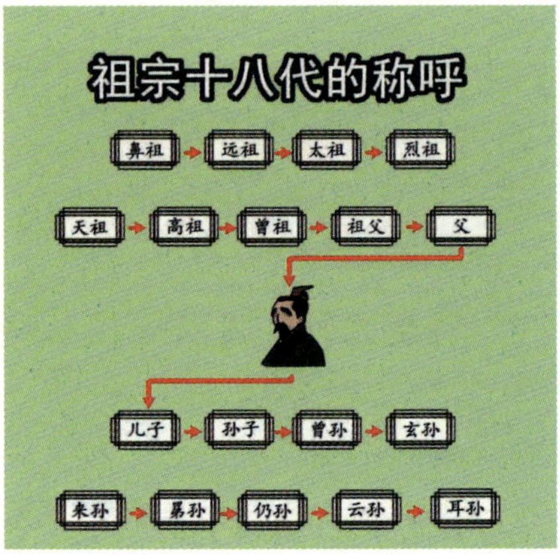

张苍梧是张凭的祖父，他曾经对张凭的父亲说：“我比不上你。”张凭的父亲不明白是什么原因。张苍梧说：“你有个好儿子。”张凭当时只有几岁，恭恭敬敬地拱手说：“爷爷，怎么可以拿儿子来开父亲的玩笑呢？”

拓 展

祖宗十八代：指自己上、下九代的宗族成员，往上算是父、祖父、曾祖、高祖、天祖、烈祖、太祖、远祖、鼻祖。往下算是儿子、孙子、曾孙、玄孙、来孙、晜孙、仍孙、云孙和耳孙。

练 习

1.解释加点字的意思。

尝语凭父曰________________ 讵宜以子戏父________________

2.翻译句子。

凭父未解所以。

____

48

魏长齐雅[①]有体量[②]，而才学非所经。初宦[③]当出，虞存嘲之曰：“与卿约法三章：谈者死，文笔④者刑，商略⑤抵罪。”魏怡然⑥而笑，无忤（wǔ）⑦于色。

注 释

①雅：雅正，高雅。

②体量：气量，气度。

③宦：做官。

④文笔：这里指写文章。

⑤商略：品评，评论。

⑥怡然：喜悦的、安适自在的样子。陶渊明《桃花源记》中有“黄发垂髫，并怡然自乐”。

⑦忤：抵触，不顺从。

译 文

魏长齐为人雅正而有气量，可是才学不是他所擅长的。开始做官要出门赴任时，虞存嘲笑他说：“和你约法三章：高谈阔论的人处死，舞文弄墨的人判刑，品评人物的人就按律定罪。”魏长齐只是平静地笑笑，没有一点抵触情绪。

拓 展

约法三章 司马迁在《史记》里记载，当年刘邦进入咸阳后，本想住在豪华的王宫里，但他的心腹樊哙和张良告诫他别这样做，免得失掉人心。刘邦接受他们的意见，下令封闭王宫，并留下少数士兵保护王宫和藏有大量财宝的库房，随即在霸上驻军。为了赢得民心，刘邦把关中各县父老、豪杰召集起来，“与父老约，法三章耳：杀人者死，伤人及盗抵罪”。意思是：1.杀人者要处死；2.伤人者要判罪；3.盗窃者也要判罪。

练习

1. 解释加点的字或词语。

魏怡然而笑________________ 无忤于色________________

2. 约法三章的典故和________（人名）有关，当时的“法三章”是________

____。

55

谢遏（è）夏月尝仰卧，谢公清晨卒①来，不暇②著③衣，跣（xiǎn）④出屋外，方蹑履问讯。公曰：“汝可谓前倨⑤而后恭。”

注释

①卒：通“猝”，突然。

②暇：空闲。不暇就是没有空闲也就是来不及。

③著：通“着”，穿。

④跣：光着脚，不穿鞋袜。有成语“披发跣足”，《三国演义》里面也有“曹操跣足迎许攸”的故事。

⑤倨：傲慢。前倨后恭作为成语指开始时傲慢，后来变得恭敬，比喻对人的态度有很大转变。

译文

谢遏在夏天曾正仰面睡着，谢安清晨突然来到，谢遏来不及穿衣服，光着脚跑出屋外，这才穿鞋请安。谢安说：“你可以说是‘前倨后恭’。”

拓展

前倨后恭：以前傲慢，后来恭敬。形容对人的态度改变。

练 习

1. 解释加点字的意思。

谢公清晨卒来________ 不暇著衣________

2. 出自本文的成语是________，它的意思是________。

59

顾长康[1]啖甘蔗，先食尾。人问所以[2]，云："渐至佳境。"

注 释

①顾长康：就是晋代著名画家顾恺之。顾恺之博学多才，擅诗赋、书法，尤善绘画，精于人像、佛像、禽兽、山水等，时人称之为三绝：画绝、文绝和痴绝。谢安非常器重他，认为他是"苍生以来未之有。"代表作品有《女史箴图》《洛神赋图》等。

②所以：……的原因。

译 文

顾长康吃甘蔗，先从甘蔗梢吃起。有人问他这是什么原因，他说："逐渐进入美妙的境界。"

拓 展

渐入佳境：比喻境况逐渐好转或兴趣逐渐浓厚。

练 习

1. 解释加点的字或词语。

顾长康啖甘蔗________ 问所以________

2. 成语________出自本文，意思是________。

轻诋第二十六

2

庾元规语①周伯仁："诸人皆以君方②乐③。"周曰："何乐？谓乐毅邪？"庾曰："不尔。乐令耳！"周曰："何乃④刻画无盐⑤，以唐突⑥西子⑦也？"

注 释

①语：告诉。

②方：比拟，相比。

③乐：姓乐的人，乐氏。古代出名的姓乐的人很多：比如文中提到的乐毅，他是燕国著名的将领，战国时期中山人氏，初为燕国上将军，带兵伐齐，封昌国君；再比如文中说的乐令，乐令原名乐广，晋朝名士，善清谈，官至尚书令，他出身贫寒，但在当时的名气很大，后来因为女婿司马颖，受到猜疑，得不到信任，抑郁而终。

④何乃：怎么能，为什么。《孔雀东南飞》有"何乃太区区"。

⑤无盐：也叫钟无艳，就是战国时齐宣王后钟离春。因是无盐人，故名。她为人有德而貌丑，后常用为丑女的代称。刘向《列女传》记载："钟离春者，齐无盐邑之女，宣王之正后也。其为人极丑无双，臼头深目，长指大节，卬(áng)鼻结喉，肥项少发。"

⑥唐突：冒犯，亵渎。

⑦西子：西施，古代著名美女。苏轼《饮湖上初晴后雨》中有"欲把西湖比西子，淡妆浓抹总相宜"。

译 文

庾元规对周伯仁说："大家都把你比作乐氏。"周伯仁问道："是哪个乐氏？是乐毅吗？"庾元规说："不是这样，是乐令啊。"周伯仁说："怎么能美化钟无盐来冒犯西施呢？"

练 习

1. 解释加点字的意思。

庾元规语周伯仁____________ 诸人皆以君方乐____________

2. 翻译句子。

诸人皆以君方乐。

____

3. 西子指______，她是古代______之一，苏轼在《饮湖上初晴后雨》一诗中提到她：____________________________。

4

庾公[①]权重，足倾[②]王公。庾在石头[③]，王在冶城坐。大风扬尘，王以[④]扇拂尘曰："元规尘污人！"

注 释

①庾公：庾亮，字元规。庾亮当时镇守武昌，掌握重兵。

②倾：倒，倾轧，这里引申为超过。李白《梦游天姥吟留别》中有"天台四万八千丈，对此欲倒东南倾"。

③石头：石头城，现在南京的别称。古代南京有很多的名字，如建康、江宁、金陵等。

④以：用。

译文

庾公权势很大，足以超过王公（指王导）。庾公在石头城，王公在冶城坐镇。一次，大风扬起了尘土，王公用扇子扇掉尘土说："元规（庾公）的尘土玷污人。"

对比阅读

是时亮虽居外镇，而遥执朝廷之权，既据上流，拥强兵，趣势者多归之。导内不能平，常遇西风尘起，举扇自蔽，徐曰："元规尘污人！"——《资治通鉴》

练习

阅读下文，回答问题。

是时亮虽居外镇，而遥执朝廷之权，既据上流，拥强兵，趣势者多归之。（王）导内不能平，常遇西风尘起，举扇自蔽，徐曰："元规尘污人！"

庾公权重，足倾王公。庾在石头，王在冶城坐。大风扬尘，王以扇拂尘曰："元规尘污人！"

1.解释加点的字或词语。

是时亮虽居外镇____________ 徐曰："元规尘污人！"____________

2."石头"指现在的______，它在古代又被称为________、建康等。

3.王以扇拂尘曰："元规尘污人！"这说明王导对庾亮是怎样的态度？

____

11

桓公入洛，过淮、泗，践[1]北境，与诸僚属[2]登平乘楼[3]，眺瞩中原，慨然曰："遂使神州[4]陆沉，百年丘墟，王夷甫[5]诸人不得不任其责！"袁虎率尔对[6]曰："运自有废兴，岂必诸人之过[7]？"桓公懔然作色，顾[8]谓四坐曰："诸君颇闻刘景升[9]不[10]？有大牛重千斤，啖刍(chú)[11]豆十倍于常牛，负重致远，曾不[12]若一羸牸(zì)[13]。魏武入荆州，烹以飨(xiǎng)[14]士卒，于时莫不称快。”意以况[15]袁。四坐既骇，袁亦失色。

注 释

①践：踩，踏。

②属：下属。

③平乘楼：大船的船楼。

④神州：古代对中国的称呼。

⑤王夷甫：王衍，字夷甫，虽居宰辅之位，却爱好清谈而不以国事为重，最后被石勒俘虏杀害。

⑥对：回答。

⑦过：过错。

⑧顾：看，回头看。

⑨刘景升：刘表，字景升。刘表占据荆州，但能力平庸。曹操曾在青梅煮酒论英雄时表示：“刘表虚名无实，非英雄也。”

⑩不：通“否”，语气词。

⑪刍：喂牲畜的草，亦指用草料喂牲口。

⑫曾不：连……都不。

⑬羸牸：瘦弱的母牛。

⑭飨：用酒食招待客人，这里可以解释为犒劳。

⑮况：比方，比喻。

译 文

桓公进兵洛阳，经过淮水、泗水，踏上了北方地区，和下属们登上船楼，眺望中原，感慨地说道：“使国土沦陷，长时间成为废墟，王夷甫等人不能不承担这一责任！”袁虎轻率地回答说：“国家的命运本来有兴有衰，难道一定是这些人的过错？”桓温神色威严，改变了脸色，看着满座的人说：“诸位都听说过刘景升吧？他有一头千斤重的大牛，吃的草料和豆类，比普通牛多十倍，可是拉起重物走远路，连一头瘦弱的母牛都不如。魏武帝进入荆州后，把大牛杀了来犒劳士兵，当时没有人不叫好。”桓温本意是用大牛来和袁虎做个比方。满座的人都震惊了，袁虎也大惊失色。

拓展阅读

石勒帅轻骑追太傅越之丧，及于苦县宁平城，大败晋兵，纵骑围而射之，将士十馀万人相践如山，无一人得免者。执太尉（王）衍、襄阳王范、任城王济、武陵庄王澹、西河王喜、梁怀王禧、齐王超、吏部尚书刘望、廷尉诸葛铨、豫州刺史刘乔、太傅长史庚铨等，坐之幕下，问以晋故。衍具陈祸败之由，云计不在己；且自言少无宦情，不豫世事；因劝勒称尊号，冀以自免。勒曰：“君少壮登朝，名盖四海，身居重任，何得言无宦情邪！破坏天下，非君而谁！”命左右扶出。众人畏死，多自陈述。独襄阳王范神色俨然，顾呵之曰：“今日之事，何复纷纭！”勒谓孔苌曰：“吾行天下多矣，未尝见此辈人，当可存乎？”苌曰：“彼皆晋之王公，终不为吾用。”勒曰：“虽然，要不可加以锋刃。”夜，使人排墙杀之。——《资治通鉴》

练　习

1. 解释加点字的意思。

顾谓四坐曰＿＿＿＿＿＿＿＿　岂必诸人之过＿＿＿＿＿＿＿＿

2. 翻译句子。

有大牛重千斤，啖刍豆十倍于常牛，负重致远，曾不若一羸牸。

＿＿＿＿＿＿＿＿＿＿＿＿＿＿＿＿＿＿＿＿

3. 文中大牛的故事告诉我们什么道理？

＿＿＿＿＿＿＿＿＿＿＿＿＿＿＿＿＿＿＿＿

4. 文中桓公是个怎样的人？

＿＿＿＿＿＿＿＿＿＿＿＿＿＿＿＿＿＿＿＿

29

苻宏[1]叛来归国。谢太傅每加接引[2]，宏自以[3]有才，多好上人，坐上无折之者。适[4]王子猷来，太傅使共语。子猷直孰[5]视良久，回语太傅云："亦复竟不异人！"宏大惭而退。

注　释

①苻宏：前秦皇帝苻坚的儿子，曾经被封为太子，后来因为反对苻坚攻打东晋，叛逃归顺了东晋。苻坚攻打东晋，在淝水之战中被谢玄等人打得大败而归，最终前秦土崩瓦解，给我们留下了"风声鹤唳""草木皆兵"等成语。

②引：引荐，推荐。

③以：认为，以为。

④适：正好，恰好。

⑤孰：通"熟"，仔细。孰视就是仔细看。

译　文

苻宏（从前秦）叛逃出来归降晋国，谢太傅常常加以接待、援引。苻宏自认为有才能，经常喜欢凌驾在别人之上，座上宾客没有人能折服他。恰好王子猷来了，谢安让他们在一起交谈。王子猷只是仔细看了他好久，回头对谢安说："也和别人没有什么不同。"苻宏感到非常惭愧就退了出去。

练　习

1. 解释加点字的意思。

子猷直孰视良久__________________ 宏自以有才__________________

2. 翻译句子。

适王子猷来，太傅使共语。

____

30

支道林[1]入东，见王子猷兄弟。还，人问：“见诸王何如[2]？”答曰：“见一群白颈乌[3]，但[4]闻唤哑哑声[5]。”

注 释

①支道林：东晋高僧，佛学家，文学家。

②何如：怎么样？

③白颈乌：乌鸦的一种，颈部有一圈白羽毛。王氏兄弟多穿白衣领的服装，所以这样讥讽他们。

④但：只是。

⑤哑哑声：丞相王导虽是北方人，但很喜爱说吴地方言，王氏子弟多学他的做法。这里是在讥讽他们说话像乌鸦叫。

译 文

支道林到东方去，见到了王子猷兄弟。他回来后，有人问：“你看姓王的那些人怎么样？”支道林回答说：“看见一群白脖子乌鸦，只听到哑哑的叫声。”

练 习

1. 解释加点词语的意思。

但闻唤哑哑声 ______________

2. 翻译句子。

还，人问：“见诸王何如？”

____

3. 支道林的话是什么意思？

____

假谲（jué）第二十七

1

魏武①少时，尝与袁绍②好③为游侠④。观人新婚，因潜入主人园中，夜叫呼云："有偷儿贼！"青庐⑤中人皆出观，魏武乃入，抽刃⑥劫新妇与绍还出。失道，坠枳（zhǐ）棘⑦中，绍不能得动。复大叫云："偷儿在此！"绍遑（huáng）迫⑧自掷出，遂以俱⑨免。

注释

①魏武：魏武帝曹操。

②袁绍：汉末群雄之一。家族势力显赫，号称"四世三公"。袁绍曾经统一河北，但是在官渡之战中被曹操打败，从此衰落。

③好：喜欢。

④游侠：古代称重义轻生、勇于救人急难者。

⑤青庐：青布搭成的帐篷，新婚夫妇在里面举行婚礼。《孔雀东南飞》有"新妇入青庐"。

⑥刃：指刀。

⑦枳棘：枳木与棘木。因其多刺而称恶木。

⑧遑迫：惶急不安。

⑨俱：一起。

译文

魏武帝曹操年轻时，曾经和袁绍一起，喜欢做游侠。有一次他们去看人家结婚，乘机偷偷进入主人的园子里，到半夜大喊大叫："有小偷！"青庐里面的人都跑出来观看，曹操便进去，拔出刀来劫持新娘子，然后和袁绍跑出来。中途迷了路，陷入了多刺的树丛中，袁绍动不了。曹操又大喊：“小偷在这里！”袁绍惊恐着急，赶快自己跳了出来，两人因此一起免遭祸患。

练 习

1. 解释加点字的意思。

尝与袁绍好为游侠＿＿＿＿＿＿＿＿ 遂以俱免＿＿＿＿＿＿＿＿

2. 翻译句子。

青庐中人皆出观，魏武乃入，抽刃劫新妇与绍还出。

＿＿＿＿＿＿＿＿＿＿＿＿＿＿＿＿＿＿＿＿＿＿＿＿

3. 曹操第一次喊“有偷儿贼”的目的是＿＿＿＿＿＿＿＿＿＿＿＿；第二次喊“偷儿在此”的目的是＿＿＿＿＿＿＿＿＿＿＿＿。

2

魏武行役①，失汲道②，军皆渴，乃令曰：“前有大梅林，饶③子，甘酸，可以④解渴。”士卒闻⑤之，口皆出水，乘此得及前源。

注 释

①行役：行军。

②汲道：取水的通道。

③饶：富足，多。

④可以：可以用来。

⑤闻：听说。

译 文

魏武帝在行军路上，找不到取水的路，士兵们都很口渴，于是（曹操）便传令说：“前面有大片的梅树林子，梅子很多，又甜又酸，可以用来解渴。”士兵听了这番话，嘴里都流出口水，（曹军）趁着这个机会得以到达前面的水源。

拓 展

望梅止渴：梅子酸，人想吃梅子就会流涎，因而止渴。后比喻愿望无法实现，用空想安慰自己。

练 习

1. 解释加点的字或词语。

饶子，甘酸________________ 可以解渴________________

2. 翻译句子。

士卒闻之，口皆出水，乘此得及前源。

____

3. 文中的曹操是个怎样的人？

____

7

王右军年减①十岁时，大将军甚爱之，恒②置帐中眠。大将军尝先出，右军犹未起。须臾③，钱凤入，屏(bǐng)④人论事，都忘右军在帐中，便言逆节⑤之谋。右军觉，既闻所论，知无活理，乃剔吐⑥污头面被褥，诈孰⑦眠。敦论事造⑧半，方⑨意右军未起，相与⑩大惊曰：“不得不除之！”及开帐，乃见吐唾从横⑪，信其实⑫孰眠，于是得全。于时称其有智。

注 释

①减：在原来的数量上去掉一部分。年减十岁就是不到十岁，不满十岁。

②恒：经常。

③须臾：一会儿。

④屏：屏退，使避开。

⑤逆节：违逆君臣大节，指谋反。

⑥剔吐：指挖自己咽喉使呕吐。剔，一作“阳”，通“佯”，假装。

⑦孰：通“熟”，深，酣。

⑧造：到。

⑨方：才。

⑩相与：一起，共同。

⑪从横：通“纵横”。这里是指交错纷乱的样子。

⑫其实：跟现在的“其实”要区分开。古文中的“其实”有很多种意思，如“它的果实”“他实际上”“他真（实）”等，本文中意为“他真的”。

译文

王右军不满十岁的时候，大将军王敦很喜爱他，经常让他在自己的床帐中睡觉。有一次王敦先起床出帐，王右军还没有起床。一会儿，钱凤进来，屏退手下的人，商议事情，（两个人）全都没想起王右军还在床上，就说起谋反的计划。王右军醒来，已经听到了他们的谈论，就知道没有活命的道理了，于是吐出口水把头脸和被褥都弄脏了，假装睡得很熟。王敦商量事情到了一半，才想起王右军还没有起床，两人都十分惊慌，说：“不得不把他杀了。”等到掀开帐子，才看见他吐得到处都是，就相信他真的睡得很熟，于是他的性命才得以保全。当时人们都称赞他有智谋。

对比阅读

王敦从子允之，方总角，敦爱其聪警，常以自随。敦常夜饮，允之辞醉先卧。敦与钱凤谋为逆，允之悉闻其言。即于卧处大吐，衣面并污。凤出，敦果照视，见允之卧于吐中，不复疑之。会其父舒拜廷尉，允之求归省父，悉以

敦、凤之谋白舒。舒与王导俱启帝，阴为之备。——《资治通鉴》

注：王允之（303—342），字深猷，东晋将领，侍御史王会之孙、抚军将军王舒之子，丞相王导、大将军王敦的堂侄。

练习

1.解释加点字的意思。

方意右军未起________ 乃见吐唾从横________

2.翻译句子。

信其实孰眠，于是得全。

____

3.文中的王右军是________________，文中故事说明他小时候是个________________（用文中词语回答）的人。

8

陶公[①]自上流[②]来，赴苏峻之难，令诛庾公。谓必戮庾，可以谢[③]峻。庾欲奔窜，则不可；欲会，恐见[④]执，进退无计。温公劝庾诣[⑤]陶，曰："卿但遥拜，必无它。我为卿保之。"庾从温言诣陶。至便拜。陶自起止之，曰："庾元规何缘[⑥]拜陶士行？"毕，又降就下坐。陶又自要[⑦]起同坐。坐定，庾乃引咎[⑧]责躬[⑨]，深相逊谢。陶不觉释然[⑩]。

注释

①陶公：指陶侃。文中的庾指庾亮，温公指温峤。

②上流：指长江上游。时陶侃任荆州刺史，带兵东下。

③谢：谢罪，道歉。

④见：表示被动。见执：被逮捕，被抓。

⑤诣：拜访。

⑥缘：原因。

⑦要：通"邀"，邀请。

⑧咎：过失，罪过。

⑨躬：自己，自身。

⑩释然：疑虑、嫌隙等消释后心中平静的样子。

译文

陶侃从长江上游赶来，平定苏峻的叛乱，下令杀掉庾亮。他认为一定要杀庾亮，才可以向苏峻谢罪，使他退兵。庾亮想要逃亡，却不行；想要去和陶侃会面，又恐怕被逮捕，进退两难没有办法。温公劝庾亮去拜见陶侃，说："你只要远远就向他下拜行礼，一定没有其他的事情发生，我给你担保。"庾亮采纳了温公的意见去拜访陶侃，一到那里，就拜倒在地。陶侃亲自站起来制止他，说："庾元规是什么原因要拜我陶士行？"庾公行完大礼，又退下来坐在下座；陶侃又亲自邀请他起来和自己同坐。坐好了，庾亮就把罪过承担过来，责备自己，深深地表现谦恭的姿态谢罪，陶侃也渐渐消除了对庾亮的不满情绪。

练习

1. 解释加点字的意思。

温公劝庾诣陶____________ 陶又自要起同坐____________

2. 翻译句子。

庾欲奔窜，则不可；欲会，恐见执，进退无计。

____

黜（chù）免第二十八

1

诸葛厷在西朝[1]，少有清誉，为王夷甫所[2]重，时论亦以拟[3]王。后为继母族党所谗，诬之为狂逆。将远徙[4]，友人王夷甫之徒[5]，诣槛（jiàn）车[6]与别。厷问："朝廷何以[7]徙我？"王曰："言卿狂逆。"厷曰："逆则应杀，狂何以徙？"

注　释

①西朝：指西晋。

②为……所：被动句的标志。为王夷甫所重就是被王夷甫器重。

③拟：比拟，相比。

④徙：古代指流放之类的刑罚。

⑤徒：同一类人。除此之外，徒的意思还有：白白地；步行；空；只，只有；等等。

⑥槛车：用栅栏封闭的车，即押解犯人的囚车。

⑦何以：为什么。

译　文

诸葛厷在西晋时，年纪很轻时就有清高的声誉，被王夷甫器重，当时的舆论也拿他和王夷甫相比。后来诸葛厷被他继母家族的人造谣中伤，诬蔑他狂放叛逆。把他流放到边远地区，将要上路时，他的朋友王夷甫等人到囚车前和他告别。诸葛厷问："朝廷为什么流放我？"王夷甫说："说你狂放叛逆。"诸葛厷说："叛逆就应当斩首，狂放为什么流放呢！"

练 习

1.解释加点字的意思。

时论亦以拟王____________

2.翻译句子。

为王夷甫所重。

____

太问："朝廷何以徙我？"

____

2

桓公入蜀，至三峡[①]中，部伍[②]中有得猿子者。其母缘[③]岸哀号，行百余里不去[④]，遂跳上船，至便即绝。破视其腹中，肠皆寸寸断。公闻之，怒，命黜[⑤]其人。

注 释

①三峡：瞿塘峡、巫峡和西陵峡的合称，在长江上游。现在这里建成了三峡大坝。

②部伍：本来指部队的编制，后来指军队。另外，行伍也指军队，如"出身行伍"。

③缘：沿着，顺着。

④去：离开。

⑤黜：罢免。

译 文

桓公进军蜀地，到达三峡时，部队里有个人捕到一只小猿猴。它的母亲沿着江岸悲哀地号叫，一直跟着船走了一百多里也不肯离开，最后就跳上了船，一上来就马上气绝身亡了。剖开母猿的肚子看，肠子都一寸一寸地断开了。桓公听说这件事，大怒，下令罢免了那个抓小猿猴的人。

拓 展

肝肠寸断：肝和肠断成一寸一寸，比喻伤心到极点。

练 习

1. 解释加点字的意思。

其母缘岸哀号________________ 命黜其人________________

2. 翻译句子。

行百余里不去，遂跳上船，至便即绝。

____

3. “公闻之，怒，命黜其人。”有人认为桓公的处理太重了，你觉得呢？

____

俭啬第二十九

2

王戎[①]俭吝，其从子[②]婚，与一单衣，后更责[③]之。

注释

①王戎："竹林七贤"之一。出身琅邪王氏。长于清谈，以精辟的品评与识鉴而著称。最初袭父爵贞陵亭侯，累官豫州刺史、建威将军。后参与晋灭吴之战，吴国平定后，因为有功，进封安丰县侯。在荆州拉拢士人，颇有成效，又被征召为侍中，迁任光禄勋。历任吏部尚书、太子太傅、中书令、尚书左仆射等职，后升任司徒。他身居高官，非常富有，但又非常吝啬。

②从子：侄子。

③责：索取。

译文

王戎很吝啬，他的侄子结婚，他只送了一件单衣，过后又要回去了。

练习

解释加点字的意思。

与一单衣____________________

3

司徒[①]王戎，既贵且富，区宅、僮牧[②]、膏田[③]、水碓(duì)[④]之属[⑤]，洛下无比[⑥]。契[⑦]疏鞅掌[⑧]，每与夫人烛下散筹[⑨]算计。

注 释

①司徒：三国魏晋时期的司徒跟丞相相当，职位很高。

②僮牧：就是僮仆。僮在古代是伺候主人的未成年人，比如书僮。

③膏田：肥沃的田地。

④水碓：利用水力舂米的工具。碓：古代舂生米用的器具。

⑤属：类，一类（人或东西）。

⑥比：并列，能够相比。

⑦契：契约，证明买卖、抵押、租赁等关系的文书。契疏，券契账簿。

⑧鞅掌：繁多的样子。

⑨筹：古代计数的工具，多用竹子做成。

译 文

司徒王戎，既有显贵的地位，又非常富有，家里的房屋、奴仆、肥沃的土地、水碓之类的东西，洛阳城里没有人能和他相比（匹敌）。契约账簿很多，他常常和妻子在烛光下摆开筹码来计算。

4

王戎有好李，卖之，恐[1]人得其种，恒[2]钻其核。

注 释

①恐：担心，忧虑，担忧。

②恒：经常。

译 文

王戎家有品种很好的李子，卖李子时，担心别人得到他家的良种，总是先把李子核钻破再卖。

对比阅读

（王戎）性复贪吝，园田遍天下，每自执牙筹，昼夜会计，常若不足。家有好李，卖之恐人得种，常钻其核。——《资治通鉴》

5

王戎女适①裴頠（wěi），贷②钱数③万。女归④，戎色不说⑤。女遽（jù）⑥还钱，乃释然。

注 释

①适：古代女子出嫁叫作适，也叫作归。

②贷：借。

③数：几。

④归：回，返回。

⑤说：通“悦”，高兴。

⑥遽：急忙，迅速。“遽”还有“就”的意思。

译 文

王戎的女儿嫁给裴頠，曾向王戎借了几万钱。女儿回到娘家，王戎的脸色就很不高兴，女儿急忙把钱还给他，王戎这才心平气和。

练 习

1.解释加点字的意思。

王戎女适裴頠________________　贷钱数万________________

2. 翻译句子。

膏田、水碓之属，洛下无比。

____

女归，戎色不说。

____

3. 以上三则内容，都说明王戎是一个__________的人。

7

王丞相俭节，帐下甘果，盈①溢不散。涉②春烂败③，都督④白⑤之，公令舍去，曰："慎不可令大郎⑥知。"

注释

①盈：满。

②涉：经历，经过。

③败：破旧，衰落，腐烂。"金玉其外，败絮其中"中的"败"也是类似的意思。

④都督：这里指帐下领兵的人，相当于侍卫长。

⑤白：说，告诉。

⑥大郎：大公子，这里指王悦，王导的长子。

译文

王丞相（王导）俭朴节约，帐中的甘甜的水果堆得满满的，也不分给大家吃。果子过了春天就腐烂了，都督告诉他这件事，王导命令他扔掉，说："千万不要让大郎知道！"

练习

1.解释加点字的意思。

盈溢不散＿＿＿＿＿＿＿＿＿＿ 涉春烂败＿＿＿＿＿＿＿＿＿＿

2.翻译句子。

都督白之，公令舍去，曰：“慎不可令大郎知。”

＿＿＿＿＿＿＿＿＿＿＿＿＿＿＿＿＿＿＿＿＿＿＿＿＿＿＿＿＿＿

8

苏峻之乱，庾太尉南奔见陶公。陶公雅[①]相赏重。陶性俭吝，及食，啖薤（xiè）[②]，庾因留白[③]。陶问：“用此何为[④]？”庾云：“故可种。”于是大叹庾非唯风流，兼有治实。

注释

①雅：平素，向来。

②薤：又叫藠（jiào）头，荞头。多年生草本植物，叶细长中空，开紫色花，地下鳞茎呈狭卵形，肉质白色，质地脆嫩，有特殊辛辣香味，可加工成酱菜。干鳞茎可做药材。

③白：指薤的地下根部分，色白，可以吃，也可以再种。

④何为：做什么。

译文

苏峻叛乱时，庾太尉向南逃跑去见陶侃。陶侃向来很赞赏并重视他。陶侃本性节俭吝啬，到吃饭的时候，给他吃薤头，庚亮顺手留下薤白。陶侃问他："要这东西做什么？"庚亮说："仍旧可以种。"于是陶侃极力赞叹庚亮不仅风雅，同时有治理的实际才能。

练习

1. 解释加点字的意思。

及食________________ 陶公雅相赏重________________

2. 翻译句子。

陶问："用此何为？"

____

3. 陶侃是个____________的人。（用原文回答）

汰侈第三十

2

石崇厕，常有十余婢侍列，皆丽服藻(zǎo)饰①。置甲煎粉②、沉香③汁之属④，无不毕⑤备。又与新衣著⑥令出，客多羞不能如⑦厕。王大将军往，脱故⑧衣，著新衣，神色傲然。群婢相谓曰：“此客必能作贼⑨。”

注释

①藻饰：修饰，装饰。

②甲煎粉：一种化妆品，用作唇脂的芳香软膏。

③沉香：一种名贵的香料，能够入药。沉香汁，用沉香木制成的香水。

④属：类。

⑤毕：全，都。

⑥著：通“着”，穿。有版本作“箸”。

⑦如：到，往。

⑧故：旧的。过去的，原来的。

⑨作贼：作乱，造反。

译文

石崇家的厕所，经常有十多个婢女在里面侍候，她们都穿着华丽的衣服，打扮得很漂亮。（厕所里）放上了甲煎粉、沉香汁之类的东西，各样东西都准备齐全。又给上厕所的宾客换上新衣服出来，客人大多因为害羞不上厕所。王大将军王敦上厕所，就脱掉旧的衣服，穿上新衣服，神色傲慢。婢女们互相评论说：“这个客人一定会作乱！”

练 习

1.解释加点字的意思。

沉香汁之属，无不毕备______ 客多羞不能如厕______

2.翻译句子。

王大将军往，脱故衣，著新衣，神色傲然。

______

6

王君夫有牛，名八百里驳，常莹①其蹄角。王武子语②君夫："我射不如卿，今指赌卿牛，以千万对之。"君夫既恃③手快，且谓骏物无有杀理，便相然可④。令武子先射。武子一起便破的⑤，却⑥据胡床⑦，叱左右："速探牛心来！"须臾，炙⑧至，一脔(luán)⑨便去。

注 释

①莹：光洁，明亮。这里指使蹄角光洁，明亮。

②语：告诉。

③恃：依赖，仗着。

④然可：应诺。

⑤的：箭靶的中心。

⑥却：退却，后退。

⑦胡床：一种可以折叠的轻便坐具，也叫交椅。

⑧炙：烤肉。这里指烤牛心。

⑨脔：切成块状或片状的肉。

译　文

王君夫（王恺）有一头牛，名叫八百里驳，经常把牛蹄、牛角磨得晶莹发亮。王武子对王君夫说："我射箭的技术比不上你，今天想指定赌你的牛，我用一千万钱做赌注。"王君夫既仗着自己射箭动作敏捷，技术熟练，并且认为这样神俊不凡的牛没有被杀死的道理，就答应了他。他让王武子先射。王武子一箭就射中了箭靶中心，退回来坐在胡床上，吆喝手下的人："赶快把牛心取来。"一会儿，烤牛心送来了，王武子吃了一小块就离开了。

练　习

1.解释加点的字或词语。

王武子语君夫____________________　叱左右________________

2.翻译句子。

须臾，炙至，一脔便去。

____

3.八百里驳是牛的名字，这在辛弃疾的《破阵子·为陈同甫赋壮词以寄之》一词中出现过，是________________________________。

8

石崇与王恺争豪[①]，并穷[②]绮(qǐ)丽[③]，以饰舆服[④]。武帝，恺之甥也，每助恺。尝以一珊瑚树[⑤]，高二尺许[⑥]赐恺。枝柯扶疏[⑦]，世罕[⑧]其比。恺以示[⑨]崇。崇视讫[⑩]，以铁如意[⑪]击之，应手而碎。恺既惋惜，又以为疾[⑫]己之宝，声色甚厉。崇曰："不足[⑬]恨[⑭]，今还卿。"乃命左右悉取珊瑚树，有三尺四尺，条干绝世，光彩溢目者六七枚，如恺许比甚众[⑮]。恺惘然自失[⑯]。

注释

①争豪：斗富，比谁富有。

②穷：尽。

③绮丽：华美艳丽的东西。

④舆服：车舆冠服与各种仪仗。古代车舆与冠服都有定式，以表尊卑等级。

⑤珊瑚树：海洋中珊瑚虫的石灰质骨髓所形成的物质，状如树枝，故称珊瑚树。

⑥许：表示约数。

⑦扶疏：枝条繁茂，高低错落有致的样子。

⑧罕：稀少。现在有词语“罕见”，意为少见。

⑨示：给……看。古文中“指示”的意思是“指出来给……看”。

⑩讫：完结，终了。

⑪如意：古之爪杖。用骨、角、竹、木、玉、石、铜、铁等制成，长三尺许，前端作手指形。脊背有痒，手所不到，用以搔抓，可如人意，因而得名。或作指划和防身用。

⑫疾：通“嫉”，妒忌。

⑬足：值得。

⑭恨：遗憾。

⑮众：多。

⑯惘然自失：心情不舒畅，好像丢掉了什么东西似的。惘然：精神恍惚、若有所失的样子。

译文

石崇和王恺斗富，两人都用尽了最华美艳丽的东西来装饰车马、衣冠。晋武帝是王恺的外甥，常常帮助王恺。他曾经把一棵二尺左右高的珊瑚树送给王恺，这棵珊瑚树枝条繁茂，世上很少有比得上它的。王恺把珊瑚树拿来给石崇看，石崇看完了，拿铁如意敲它，随手就打碎了。王恺既惋惜，又认为石崇是妒忌自己的宝物，声音和神色都变得严厉起来了。石崇说："不值得遗憾，现在就还给你。"于是就叫手下的人把家里的珊瑚树全都拿过来，其中有三尺、四尺高的，树干、枝条举世无双而且光彩夺目的有六七棵，像王恺那棵珊瑚树一样的就更多了。王恺看了，心情非常郁闷，好像丢了什么似的。

对比阅读

后将军王恺，文明皇后之弟也；散骑常侍、侍中石崇，苞之子也。三人皆富于财，竞以奢侈相高。恺以粭澳釜，崇以蜡代薪；恺作紫丝步障四十里，崇作锦步障五十里；崇涂屋以椒，恺用赤石脂。帝每助恺，尝以珊瑚树赐之，高二尺许，恺以示崇，崇便以铁如意碎之；恺怒，以为疾己之宝。崇曰："不足多恨，今还卿！"乃命左右悉取其家珊瑚树，高三、四尺者六、七株，如恺比者甚众；恺怳然自失。——《资治通鉴》

练　习

1.解释加点字的意思。

又以为疾己之宝____________ 乃命左右悉取珊瑚树____________

2.翻译句子。

尝以一珊瑚树，高二尺许赐恺。

____

崇曰："不足恨，今还卿。"

____

3.本文通过哪两件事写石崇与王恺争豪的情景，反映了当时怎样的社会现状？

____

4."恺惘然自失"的原因是什么？

____

忿狷(juàn)第三十一

2

王蓝田性急。尝食鸡子①，以箸②刺之，不得，便大怒，举③以掷地。鸡子于地圆转未止，仍下地以屐齿④蹍之，又不得，瞋(chēn)⑤甚，复于地取内⑥口中，啮(niè)破即吐之。王右军闻⑦而大笑曰："使⑧安期⑨有此性，犹⑩当无一豪⑪可论，况蓝田邪？"

注 释

①鸡子：鸡蛋。

②箸：筷子。

③举：拿，向上抬。

④屐齿：木板鞋底部的齿状木头。

⑤瞋：愤怒，生气。

⑥内：通"纳"，这里是放进的意思。

⑦闻：听说。

⑧使：假使，假如。

⑨安期：王承，字安期，王蓝田的父亲，很有名望。

⑩犹：尚且，还。

⑪豪：通"毫"，极小的。

译 文

王蓝田性情急躁。有一次他吃鸡蛋，用筷子去插鸡蛋，没有插进去，就大发脾气，拿起鸡蛋扔到了地上。鸡蛋在地上转个不停，他就下地用木屐的齿去踩，又没有踩住。他非常生气，又从地上捡起鸡蛋来放进嘴里，咬破就吐了。

王右军听说了这件事情后大笑起来，说："即使王安期有这种性格，尚且没有一丝一毫值得称道的，更何况是王蓝田呢！"

练习

1. 解释加点字的意思。

复于地取内口中________________ 仍下地以屐齿蹍之________________

2. 翻译句子。

使安期有此性，犹当无一豪可论，况蓝田邪？

____

3. 王蓝田是一个_____________的人。

5

谢无奕性粗强①。以②事不相得，自往数③王蓝田，肆(sì)言极骂。王正色④面壁不敢动，半日。谢去良久⑤，转头问左右小吏曰："去未⑥？"答云："已去。"然后⑦复坐。时人叹其性急而能有所容。

注释

①粗强：粗暴强势。

②以：因为。

③数：数落，列举罪状责备。

④正色：神情庄重，态度严肃。

⑤良久：很久。

⑥去未：离开了吗？走了吗？

⑦然后：在这之后。

译 文

谢无奕性情粗暴强势。因为一件事（和王述）彼此不合，就亲自前往数落王蓝田，肆意攻击谩骂。王蓝田表情严肃地面对着墙，一动不敢动地过了半天。谢无奕已经离开了很久，他才回过头问身旁的小吏说："离开了没有？"小吏回答说："已经离开了。"在这之后他才转过身又坐回原处。当时的人赞赏他虽然性情急躁，可是能宽容别人。

练 习

1.解释加点字的意思。

自往数王蓝田________________ 答云："已去。"________________

2.翻译句子。

谢去良久，转头问左右小吏曰："去未？"

____

3.文章中的王蓝田是个怎样的人？

____

谗险第三十二

2

袁悦有口才，能短长说[1]，亦有精理。始作谢玄参军，颇被礼遇[2]。后丁艰[3]，服除[4]还都，唯赍[5]《战国策》而已。语人曰：“少年时读《论语》《老子》，又看《庄》《易》，此皆是病痛[6]事，当何所益[7]邪？天下要物，正有《战国策》。”既下，说[8]司马孝文王[9]，大见亲待，几乱机轴[10]。俄而[11]见[12]诛。

注 释

①短长说：战国纵横家所用的游说之辞。短长，《战国策》亦名《短长》，由汉代刘向根据先秦史料编订而成，主要记述战国时纵横家的言论和行动。这里是说袁悦擅长论辩、游说。

②遇：对待。

③丁艰：也叫丁忧，古代指遭遇父母丧事后回家守孝。

④服除：守丧期满。

⑤赍：带着。

⑥病痛：小病，比喻小事。

⑦益：好处。

⑧说：游说，劝说。

⑨司马孝文王：会稽王司马道子，字也叫道子，晋孝武帝的胞弟，死后谥为孝文。

⑩机轴：比喻国家的重要部门。机，弩牙。轴，车轴。

⑪俄而：不久，一会儿。

⑫见：表示被动。

译 文

袁悦有口才，擅长游说之道，讲出的道理也很精辟。他最初担任谢玄的参军，很受器重。后来，遭逢父母的丧事便回家守孝，守孝期满后回到京都，只带着一部《战国策》而已。他告诉别人说：“年轻时读《论语》《老子》，又看《庄子》《周易》，这些讲的都是小事，读了有什么好处呢？天下重要的书籍，只有《战国策》。”袁悦到了京都以后，去游说司马孝文王，受到了特别亲切的款待，却几乎扰乱了朝政。不久他就被杀了。

练 习

1. 解释加点字的意思。

语人曰__________ 当何所益邪__________ 说司马孝文王__________

2. 翻译句子。

俄而见诛。

____

4

王绪数[①]谗[②]殷荆州于王国宝，殷甚患[③]之，求术[④]于王东亭。曰：“卿但[⑤]数诣[⑥]王绪，往辄屏人，因[⑦]论它事，如此，则二王之好离矣。”殷从[⑧]之。国宝见王绪问曰：“比与仲堪屏人何所道？”绪云：“故是常往来，无它所论。”国宝谓绪于己有隐，果情好日疏，谗言以息。

注 释

①数：多次，屡次。

②谗：献谗言，说坏话。

③患：担心，忧虑。

④术：方法，办法。

⑤但：只，只要。

⑥诣：拜访。

⑦因：于是。

⑧从：听从。

译 文

王绪屡次在王国宝面前说殷荆州的坏话，殷荆州对这事很担忧，向王东亭请教解决的办法。王东亭说："你只要多次去拜访王绪，一去就叫手下的人退出去，于是谈别的事情，这样，二王的交情就疏远了。"殷荆州听从了（按照他的办法去做）。王国宝见到王绪，问他说："你近来和殷仲堪屏退别人都在说些什么呢？"王绪回答说："只不过是一般往来，没有谈别的什么事。"王国宝认为王绪对自己有隐瞒，果然两人的感情日渐疏远了，谗言因此才平息下来。

练 习

1. 解释加点字的意思。

王绪数谗殷荆州于王国宝__________ 殷从之__________

2. 翻译句子。

卿但数诣王绪，往辄屏人，因论它事，如此，则二王之好离矣。

____

殷甚患之，求术于王东亭。

____

尤悔第三十三

1

魏文帝[1]忌弟任城王骁(xiāo)[2]壮。因[3]在卞太后阁共围棋，并啖枣。文帝以毒置诸[4]枣蒂(dì)中。自选可食者而进，王弗[5]悟，遂杂进之。既中毒，太后索水救之。帝预敕[6]左右毁瓶罐，太后徒跣(xiǎn)[7]趋[8]井，无以[9]汲。须臾(yú)，遂卒[10]。复欲害东阿，太后曰：“汝已杀我任城，不得复杀我东阿。”

注释

①魏文帝：指曹丕。任城王指曹彰。东阿王指曹植。三人是兄弟关系，都是卞太后所生。

②骁：勇健。

③因：趁机。

④诸：相当于“之于”。

⑤弗：不。

⑥敕：帝王的诏书，命令。

⑦徒跣：光着脚。表示仓促来不及穿鞋。

⑧趋：快走，小步紧走。

⑨无以：没有可以用来……的。

⑩卒：死。

译文

魏文帝忌恨他的弟弟任城王勇猛刚强。趁着在卞太后房中一起下围棋并吃枣的机会，文帝把毒药放在枣蒂里，自己挑那些没放毒的吃。任城王不明白（其中的问题），就把有毒、没毒的夹杂着吃了。中毒以后，卞太后找水来解救他。可是文帝提前命令手下的人把装水的瓶罐都打碎了，卞太后匆忙间光着脚小跑着到井边，却没有可以用来打水的东西。不一会儿，任城王就死了。魏文帝又要害死东阿王，卞太后说："你已经害死了我的任城王，不能再害我的东阿王了。"

练习

1.解释加点字的意思。

文帝以毒置诸枣蒂中________ 须臾，遂卒________

2.翻译句子。

帝预敕左右毁瓶罐，太后徒跣趋井，无以汲。

____

3

陆平原[1]河桥败，为卢志所[2]谗，被诛。临刑叹曰："欲闻华亭[3]鹤唳[4]，可复得乎？"

注释

①陆平原：陆机，字士衡。西晋著名文学家、书法家。出身吴郡陆氏，为孙吴丞相陆逊之孙、大司马陆抗第四子，与其弟陆云合称"二陆"，又与顾荣、陆云并称"洛阳三俊"。曾经担任平原内史，所以称他为"陆平原"。

②为……所：被动句的标志。

③华亭：上海松江的古称，是陆机的家乡。

④唳：鹤、雁等鸟高亢地鸣叫。成语"风声鹤唳"中的"唳"也是这个意思。

译文

陆平原在河桥兵败后，被卢志献谗言陷害，最终被杀。临刑时他叹息说：“想听一听故乡华亭的鹤鸣，还能听得到吗？”

对比阅读

长沙王乂奉天子与（陆）机战于鹿苑，机军大败，赴七里涧而死者如积焉，水为之不流，将军贾棱皆死之。……既而叹曰：“华亭鹤唳，岂可复闻乎！”遂遇害于军中，时年四十三。——《晋书·陆机传》

练习

1.翻译句子。

为卢志所谗，被诛。

____

2.李白《行路难》一诗中有“华亭鹤唳讵可闻？上蔡苍鹰何足道？”前半句中用的典故和__________（人名）有关，他是__________（朝代）著名人物，和__________并称为“二陆”。

4

刘琨善能招延[1]，而拙于抚御。一日虽有数千人归投，其逃散而去亦复如此。所以[2]卒[3]无所建。

注释

①延：延请，引进。

②所以：……的原因。

③卒：最终。

译文

刘琨擅长招揽人才，却不善于安抚和驾御人才。一天之内虽然有几千人前来投奔他，可是逃跑的也有这个数目。因此他最终没有什么建树。

练习

1. 解释加点字的意思。

刘琨善能招延__________ 所以卒无所建__________

2. 翻译句子。

一日虽有数千人归投，其逃散而去亦复如此。

____

3. 刘琨最终没有建树的原因是__________。（用原文回答）

10

庾公欲起[1]周子南，子南执辞[2]愈固[3]。庾每诣周，庾从南门入，周从后门出。庾尝一往奄[4]至，周不及去，相对终日。庾从周索食，周出蔬食，庾亦强饭，极欢；并语世故[5]，约相推引，同佐世之任。既仕[6]，至将军、二千石[7]，而不称意。中宵慨然曰：“大丈夫乃为庾元规所卖！”一叹，遂发背而卒[8]。

注释

①起：起用。

②辞：推辞。

③固：坚决。

④奄：突然，忽然。

⑤世故：人情世事。现在有“老于世故”，意思是通达人情，富有待人接

物的处世经验。

⑥仕：做官。

⑦二千石：指汉代郡守的俸禄为二千石，故称。

⑧卒：死。

译文

庾公（庾亮）想要起用周子南做官，周子南执意推辞，态度越来越坚决。庾公每次去拜访周子南，都是庾公从南门进来，周子南就从后门出去。有一次庾公一下子突然到来，周子南来不及离开，就和庾公面对面坐了一整天。庾公向周子南要饭吃，周子南拿出蔬菜饭食，庾公勉强而食，极为欢洽；两人谈论世事，约定互相推荐，共同担负起辅助国家的重任。周子南做官后，官至将军、郡守，却不称心如意。他夜半时分感慨地说："大丈夫竟被庾元规出卖了！"一声长叹，就因为背疮发作而死了。

练习

1. 解释加点字的意思。

庾每诣周________________ 并语世故________________

2. 翻译句子。

周不及去，相对终日。

____

大丈夫乃为庾元规所卖！

____

15

简文见田稻不识，问是何草？左右[①]答是稻。简文还[②]，三日不出，云：

"宁[3]有赖其末，而不识其本！"

注　释

①左右：旁边的人。

②还：回来。

③宁：岂，难道。

译　文

简文帝看见田里的稻子，不认识，问是什么草？旁边的人回答是稻子。简文帝回到宫里，三天没有出门，说："哪里有依靠它的末梢活命，却不认识它的茎干的呢！"

练　习

1. 解释加点的字或词语。

左右答是稻________________　简文还________________

2. 翻译句子。

宁有赖其末，而不识其本！

____

16

桓车骑在上明畋(tián)[1]猎。东信至，传淮上大捷。语左右云："群谢年少，大破贼。"因发病薨[2]。谈者以为此死，贤于[3]让扬之[4]荆。

注　释

①畋：打猎。

②薨：诸侯王或者有爵位的大官死。

③于：比。

④之：到，往。

译　文

桓车骑在上明打猎。东边的信使到了，送来淮上大捷的消息。桓车骑对旁边的人说："谢家的一群年轻人，大败贼寇！"于是就发病死了。谈论的人认为这样死，比他让出扬州刺史到荆州去当刺史还要贤良。

练　习

1.解释加点字的意思。

语左右云____________________ 贤于让扬之荆____________________

2.翻译句子。

因发病薨。

____

纰(pī)漏第三十四

1

王敦初尚[1]主，如[2]厕，见漆箱盛干枣，本以[3]塞鼻，王谓厕上亦下果，食遂至尽。既还，婢擎(qíng)[4]金澡盘盛水，琉璃碗盛澡豆[5]，因[6]倒著水中而饮之，谓是干饭。群婢莫不掩口而笑之。

注 释

①尚：娶帝王之女为妻。

②如：到，往。

③以：用来。

④擎：举着。

⑤澡豆：古代洗沐用品。用猪胰磨成糊状，合豆粉、香料等，经自然干燥而制成的丸剂，有去污和滋养皮肤的作用。

⑥因：于是。

译 文

王敦刚娶了公主时，有一次上厕所，看见漆箱里装着干枣，这本是用来堵鼻子的，王敦以为是厕所里也摆设果品，就都吃光了。出来时，婢女手端着金澡盘盛水，琉璃碗里装着澡豆，王敦便把澡豆倒入水里喝了，以为是干饭。侍女们没有不捂着嘴笑话他的。

练 习

1.解释加点字的意思。

如厕________________ 本以塞鼻________________

2. 翻译句子。

群婢莫不掩口而笑之。

____

3

蔡司徒渡江，见彭蜞[1]，大喜曰：“蟹有八足，加以二螯(áo)[2]。”令烹之。既食，吐下委顿，方[3]知非蟹。后向谢仁祖说此事，谢曰：“卿读《尔雅》[4]不熟，几为《劝学》[5]死。”

注 释

①彭蜞：外形像螃蟹，但体形较小。

②螯：螃蟹等甲壳动物变形的步足，形状像钳子。

③方：才。

④《尔雅》：儒家的经典之一，是中国古代最早的词典，是辞书之祖。其中《释鱼》篇讲到八足二螯的动物有三种，并不都是螃蟹。

⑤《劝学》：荀子的一篇文章。文中说：“蟹六跪而二螯，非蛇蟮之穴无可寄托者，用心躁也。”

译 文

蔡司徒渡江后，见到蟛蜞，很高兴地说：“螃蟹有八只脚，加上两个夹钳。”他下令煮来吃。吃完以后，上吐下泻，精神疲困，这才知道吃的不是螃蟹。后来他向谢仁祖说起这件事，谢仁祖说：“你读《尔雅》读得不熟，几乎（差一点）被《劝学》害死了。”

练 习

1. 解释加点字的意思。

令烹之＿＿＿＿＿＿＿＿ 方知非蟹＿＿＿＿＿＿＿＿

2. 翻译句子。

卿读《尔雅》不熟，几为《劝学》死。

＿＿＿＿＿＿＿＿＿＿＿＿＿＿＿＿＿＿＿＿＿＿＿＿

3. 本文给我们的启示是什么？

＿＿＿＿＿＿＿＿＿＿＿＿＿＿＿＿＿＿＿＿＿＿＿＿

5

谢虎子尝上屋熏鼠。胡儿既无由①知父为②此事，闻③人道痴人有作此者，戏笑之。时道此非复一过④。太傅既了⑤己之不知，因⑥其言次，语胡儿曰："世人以此谤中郎，亦言我共作此。"胡儿懊热⑦，一月日⑧闭斋不出。太傅虚托引己之过，以相开悟，可谓德教⑨。

注 释

①无由：没有门路，没有办法。

②为：做。

③闻：听说。

④一过：一遍。

⑤了：明白，知道。

⑥因：趁机。

⑦懊热：懊恼，羞惭。

⑧一月日：一个月。

⑨德教：用德行来感化教育人。

译文

谢虎子曾经爬到屋上去熏老鼠。谢胡儿没有途径知道父亲做过这件事，又听别人说有个傻子做了这样的事，就嘲笑这种人。谢胡儿时常说起这种事，不只说过一遍。太傅（谢安）既然明白胡儿并不知道父亲做过这种事，就趁着他讲起的时候，告诉胡儿说："社会上的人拿这件事情来毁谤中郎，也说我一道这样做。"胡儿听了，悔恨懊恼，把自己关在书房里一个月不出来。太傅假托援引自己的过错来开导他，使他醒悟过来，这可以说是用自己的德行来教化别人。

练习

1. 解释加点的字或词语。

时道此非复一过________________ 太傅虚托引己之过________________

2. 翻译句子。

太傅既了己之不知，因其言次，语胡儿曰。

____

3. 太傅谢安面对后辈的过失，用什么方法进行教育？

____

6

殷仲堪父病虚悸(jì)①，闻床下蚁动，谓是牛斗。孝武不知是殷公，问仲堪："有一殷，病如此不②？"仲堪流涕而起曰："臣进退唯谷③。"

注释

①虚悸：因气血亏虚而时常感到心跳发慌。

②不：通"否"，语气词。

③进退唯谷：唯，通“维”。无论是进还是退，都是处在困境之中。形容进退两难。这里指不知如何回答。

译文

殷仲堪的父亲得了因气血亏虚而时常感到心跳发慌的病，听到床下蚂蚁活动，认为是牛在斗架。孝武帝不知道这是殷仲堪的父亲，便问殷仲堪：“有一位姓殷的，病情是这样的吗？”殷仲堪流着泪站起来回答说：“臣进退两难啊（不知道怎么回答）。”

练习

1.解释加点字的意思。

病如此不______ 仲堪流涕而起______

2.成语“进退维谷”用来形容______。

8

王大丧后，朝论或①云国宝应作②荆州。国宝主簿③夜函④白⑤事，云：“荆州事已行。”国宝大喜，而夜开阁，唤纲纪⑥，话势虽不及作荆州，而意色甚恬⑦。晓遣参问，都无此事。即唤主簿数⑧之曰：“卿何以误人事邪？”

注释

①或：有的，有的人。

②作：担任。

③主簿：官职名，其职责为主管文书，办理事务。

④函：函封书牍。

⑤白：说，告诉。白事：报告文书。

⑥纲纪：指古代公府及州郡主簿。

⑦恬：安然，坦然。

⑧数：数落，列举罪状责备。

译文

王大死后，朝廷议论有说王国宝应该担任荆州刺史的。国宝的主簿在夜里封呈了一份报告文书，说："荆州的事已经实现了。"王国宝非常高兴，当夜打开侧门，叫主簿进来，谈话的势头虽然没有说到出任荆州刺史的事，可是神情态度非常安然舒适。天亮后王国宝派人去验证打探，完全没有这回事。王国宝立即叫主簿来并数落他说："你怎么耽误人家的事情（让人空欢喜一场）呢！"

练习

1.解释加点字的意思。

国宝应作荆州__________ 即唤主簿数之__________

2.翻译句子。

国宝主簿夜函白事。

____

惑溺第三十五

1

魏甄(zhēn)后[1]惠[2]而有色[3]，先为[4]袁熙妻，甚获宠。曹公之屠邺也，令疾[5]召甄，左右白[6]：“五官中郎[7]已将去。”公曰：“今年破贼正为奴[8]。”

注释

①魏甄后：本来是袁绍儿子袁熙的妻子。袁熙战败后，改嫁给曹丕为妻。后被赐死，他儿子曹叡当皇帝后，追封她为“文昭皇后”。

②惠：通“慧”，聪明。

③色：美色，姿色。

④为：是。

⑤疾：快，迅速。

⑥白：说，告诉。

⑦五官中郎：古代官职名，因曹丕曾任此职，这里代指曹丕。

⑧奴：相当于“她”，指甄氏。

译文

魏甄后既聪明又漂亮，原先是袁熙的妻子，很受宠爱。曹操攻陷邺城后，下令赶快召见甄氏，旁边的人禀告说：“五官中郎已经把她带走了。”曹操说：“今年打败贼寇正是为了她。”

练习

1.解释加点字的意思。

魏甄后惠而有色________________ 先为袁熙妻________________

2. 翻译句子。

令疾召甄，左右白："五官中郎已将去。"

3

贾公闾（lǘ）[1]后妻郭氏酷[2]妒。有男儿名黎民，生载周[3]，充自外还，乳母抱儿在中庭[4]，儿见充喜踊，充就乳母手中呜[5]之。郭遥望见，谓充爱乳母，即杀之。儿悲思啼泣，不饮它乳，遂死。郭后终无子。

注　释

①贾公闾：即贾充，西晋的开国元勋。曹魏时任大将军司马、廷尉，为司马氏亲信。

②酷：极，非常。

③载周：满一周岁。

④中庭：院子。苏轼《记承天寺夜游》中有"怀民亦未寝，相与步于中庭"。

⑤呜：亲吻。

译　文

贾公闾的后妻郭氏非常（容易）忌妒。她有一个儿子名叫黎民，出生才满一周岁时，贾公闾从外面回来，奶妈正抱着小孩在院子里，小孩看见贾充高兴得欢蹦乱跳，贾充走过去在奶妈的手里亲了小孩一下。郭氏远远望见了，认为贾充爱上了奶妈，立刻把她杀了。小孩悲伤地想念奶妈，不停地啼哭，不吃别人的奶，就饿死了。郭氏最终没有再生儿子。

练 习

1.解释加点的字或词语。

贾公闾后妻郭氏酷妒________ 乳母抱儿在中庭________

2.贾充的妻子郭氏是个________的人。

6

王安丰[1]妇，常卿[2]安丰。安丰曰："妇人卿婿(xù)[3]，于礼为不敬，后勿复尔[4]。"妇曰："亲卿爱卿，是以[5]卿卿；我不卿卿，谁当卿卿？"遂恒听之。

注 释

①王安丰：指王戎。他曾经被封为安丰县侯。

②卿：对人亲热的称呼。这里作动词，指称王戎为卿。

③婿：夫婿，丈夫。

④尔：这样。

⑤是以：因为这个，因此。

译 文

安丰侯王戎的妻子常常称王戎为卿。王戎说："妻子称丈夫为卿，在礼节上是不敬重的，以后不要再这样称呼了。"妻子说："亲近你喜爱你，因此称你为卿；我不称你为卿，谁可以称你为卿！"于是王戎就任凭她这样称呼。

拓 展

卿卿我我：形容夫妻或相爱的男女十分亲昵。

练　习

1. 解释加点的字或词语。

常卿安丰________________　是以卿卿________________

2. 翻译句子。

妇人卿婿，于礼为不敬，后勿复尔。

____

3. 成语“卿卿我我”形容________________。

仇隙第三十六

1

孙秀既恨石崇不与绿珠[①]，又憾[②]潘岳[③]昔遇[④]之不以礼。后秀为中书令，岳省内见之，因唤曰："孙令，忆畴昔[⑤]周旋不？"秀曰："中心[⑥]藏之，何日忘之？"岳于是始知必不免。后收[⑦]石崇、欧阳坚石，同日收岳。石先送市[⑧]，亦不相知。潘后至，石谓潘曰："安仁，卿亦复尔邪？"潘曰："可谓'白首同所归'。"潘《金谷集》诗云："投分寄石友，白首同所归。"乃成其谶(chèn)[⑨]。

注释

①绿珠：石崇的歌妓，美丽而善于吹笛。司马伦专权时，孙秀曾仗势向石崇索取绿珠，后石崇被捕，绿珠坠楼自杀。

②憾：怨恨。

③潘岳：潘安，晋代文学家。孙秀曾经是他手下的役吏，服侍潘岳时，潘岳曾多次鞭打孙秀，不把他当人看，所以孙秀心怀不满。

④遇：对待，款待。

⑤畴昔：往昔，以前。

⑥中心：内心。"中心藏之，何日忘之"语出《诗经·小雅·隰桑》，意思是心中记着这件事，哪一天能忘记呢。

⑦收：收押，逮捕。

⑧市：公开处决的场所。

⑨谶：迷信的人指将要应验的预言、预兆。

译文

孙秀既怨恨石崇不肯把绿珠送给自己，又怨恨潘岳从前不按礼数对待自己。后来孙秀担任了中书令，潘岳在中书省的官府里见到他，就唤住他说："孙令，还记得我们过去的来往吗？"孙秀说："内心里记着呢，什么时候能忘记呢？"潘岳于是才知道免不了祸难。后来孙秀收押了石崇、欧阳坚石，同一天收押潘岳。石崇首先被押赴刑场，互相也不知道彼此的情况。潘岳后来也被押到了，石崇对他说："安仁，你也这样吗？"潘岳说："可以说是'白首同所归'。"原来潘岳在《金谷集》里的诗说："投分寄石友，白首同所归。"这竟成了他们的谶语。

拓展阅读

初，孙秀尝为小吏，事黄门郎潘岳，岳屡挞之。卫尉石崇之甥欧阳建素与相国伦有隙，崇有爱妾曰绿珠，孙秀使求之，崇不与。及淮南王允败，秀因称石崇、潘岳、欧阳建奉允为乱，收之。崇叹曰："奴辈利吾财尔！"收者曰："知财为祸，何不早散之？"崇不能答。初，潘岳母常诮责岳曰："汝当知足，而干没不已乎！"及败，岳谢母曰："负阿母。"遂与崇、建皆族诛，籍没崇家。相国伦收淮南王母弟吴王晏，欲杀之。——《资治通鉴》

练习

1.解释加点词语的意思。

中心藏之________________ 忆畴昔周旋不________________

2.翻译句子。

石谓潘曰："安仁，卿亦复尔邪？"

____

5

王右军素[1]轻[2]蓝田，蓝田晚节论誉转重，右军尤不平。蓝田于会稽丁艰[3]，停山阴治丧。右军代为郡，屡言出吊[4]，连日不果。后诣门自通，主人既哭，不前而去，以陵[5]辱之。于是彼此嫌隙[6]大构。后蓝田临扬州，右军尚[7]在郡，初得消息，遣一参军诣朝廷，求分会稽为越州，使人受意失旨，大为时贤所笑。蓝田密令从事数[8]其郡诸不法，以先有隙，令自为其宜。右军遂称疾去郡，以愤慨致终。

注　释

①素：向来，一向。

②轻：轻视，看不起。

③丁艰：指遭逢父母丧事在家守孝。

④吊：安慰，慰问。这里指吊唁。

⑤陵：通“凌”，侵犯，欺侮。

⑥隙：隔阂，嫌怨。

⑦尚：尚且，还。

⑧数：数落，列举罪状责备。

译　文

王右军一向轻视王蓝田，王蓝田晚年得到的评价和声誉渐渐好起来，王右军尤其不满。王蓝田在任会稽内史时遭遇母亲丧事，留在山阴县办理丧事。王右军接替他出任会稽内史，他屡次说要前去吊唁，可是一连多天也没有去。后来他亲自登门通知前来吊唁，等到主人哭起来后，他又不走上前（去慰问）就转身离开了，以此来侮辱王蓝田。于是双方结下很深的仇怨。后来王蓝田出任扬州刺史，王右军仍然主管会稽郡（会稽归扬州管辖，也就是王右军成了王蓝田的下属），（王右军）刚得到（王蓝田出任扬州刺史）的消息，就派一名参军到朝廷去，请求把会稽从扬州划分出来成立越州。使者接受任务时领会错了意图，结果大大地被当时的名流讥笑了一番。王蓝田也暗中派从事去一一列举会稽郡各种不法行为（给朝廷），因为两人先前有嫌隙，（朝廷）就叫王右军自己找个合适的办法来解决。王右军于是声称有病辞去会稽郡的职务，愤慨终生。

练　习

1. 解释加点字的意思。

后诣门自通____________ 以陵辱之____________

蓝田密令从事数其郡诸不法，以先有隙____________

2. 翻译句子。

大为时贤所笑。

____

7

王孝伯死，县①其首于大桁(háng)②。司马太傅命驾出至标所，孰视③首，曰："卿何故④趣(cù)⑤欲杀我邪？"

注　释

①县：通"悬"，悬挂。《诗经》中有首诗《伐檀》，其中有："不狩不猎，胡瞻尔庭有县貆兮？"

②大桁：大浮桥，此处指朱雀桥。朱雀桁是建康南城门朱雀门外的浮桥，横跨秦淮河。三国吴时称"南津桥"，晋改名"朱雀桁"。桁为连船而成，长九十步，广六丈。秦淮河上二十四航，此为最大，又称"大航"。

③孰视：仔细看。"孰"通"熟"，仔细。

④故：原因。

⑤趣：通“促”，急促。

译文

王孝伯死后，（朝廷）把他的头悬挂在朱雀桥上示众。司马太傅（司马道子）吩咐驾车前往悬挂王恭首级之杆处，仔细地看着王孝伯的头，说道：“你是因为什么急着要杀我呢？”

练习

1. 解释加点字的意思。

县其首于大桁________ 孰视首________

2. 翻译句子。

卿何故趣欲杀我邪？

____

参考答案

【德行第一4】1.事理的对与错；认为。2.（李元礼）想要把在全国推行儒家礼教、辨明是非当作自己的责任。

【德行第一8】1.和；向。2.难兄难弟；两人同样坏。

【德行第一9】1.遇到，正赶上；告诉，对……说。2.我现在要死了，您可以离开了！朋友有病，我不忍心抛弃他，我宁愿自己代朋友去死。3.败义以求生，岂荀巨伯所行邪？4.我辈无义之人，而入有义之国！ 5.讲道义，讲诚信。

【德行第一11】1.不同；曾经；坐，乘坐。2. 管宁跟之前一样读书，华歆却放下书本跑出去看。3.淡泊名利、不事权贵、非常清高的人。

【德行第一21】1.美好；故人，老朋友。2. 相继送了几百万财物给王戎做丧葬费，王戎全都不接受。

【德行第一24】1.遇到……时候；救济，周济。2.（在这种情况下）郗公就一个人去吃饭，把饭含在两颊旁，回来后吐给俩孩子吃。3. 以公名德/以君之贤。

【德行第一25】1.曾经；哪里，怎么。2.每当遇到危难，常常有一人护卫自己。3.关心别人，平等待人；好人有好报。

【德行第一31】1.有的人；代词，指代“的卢”这匹马；效仿，学习。2.昔孙叔敖杀两头蛇/以为后人。3.怎么可以因为对自己有害就把祸害转移给别人呢？ 4.“己所不欲，勿施于人”、仁爱。

【德行第一38】1.因此，所以；赠送。2. 一个人难道可以让老婆没有裤子穿吗？ 3.身体发肤，不敢毁伤。4. 富有孝心、生活节俭、廉洁。

【德行第一44】1.告诉，对……说；因此，所以。2. 所以应该有这种东西，可以拿一张（席子）给我。3.节俭、为官廉洁、洁身自好。

【言语第二2】1.告诉，对……说；是的，对的。2. 如果让月亮里面什么也没有，会更加明亮吧？ 3.徐孺子是一个不盲目苟同、聪慧机智的孩子。

【言语第二3】1.担任；到，拜访；对自己的谦称，我；回答。2. 李元礼和宾客们没有不感到惊奇的。别人就把孔文举的话告诉他。3.聪明机智。

【言语第二5】1.希望；不久。2. 孔融对前来逮捕他的差使说：“希望惩罚只限于我自己，两个孩子能不能保全性命呢？”3.覆巢之下，安有完卵；比喻一人罹祸，全家老少不得幸免。4.劝父亲不要妄想保住他们，全家老少无一能幸免；面对必然要发生的事情（灾难），要从容冷静。

【言语第二8】1.贬官；铿锵有力之声，后亦用以比喻文辞优美动人。2.从祢衡角度：一个人要有真本领，就能被发现。从曹操角度：做人要宽容，要知错就改。

【言语第二17】1.开玩笑，戏弄；回答。2.邓艾说古人说“凤兮凤兮”，依旧只是一只凤。可以看出他是一个机智、有才华、反应快的人。3.期期艾艾。

【言语第二20】1.害怕，畏惧；犹如，好像。2.北窗是琉璃窗，实际很严实，看起来却像稀疏漏风似的，满奋就表现出很为难的神色。3.比喻惧怕使之受苦的相类似事物，亦用以形容酷热难当。

【言语第二31】1.到；都。2.周侯坐在宴席中间哀叹说：“这里的风景和中原没有什么不同，只是江山不一样了！”3.不安于现状，积极面对现实，奋发向上，努力改变现在的局面。

【言语第二43】1.非常，十分，很；拜访。2.果品里有杨梅，孔君平指着杨梅给孩子看，说道：“这是你家的果子。”3.甚聪惠。

【言语第二55】1.（桓公）就感慨地叹道：“树木尚且这样，人怎么经受得起（岁月的消磨）呢！”2.由树的长大，联想到时光如流水，伤感人生如梦，世事蹉跎。3.一寸光阴一寸金，寸金难买寸光阴。少壮不努力，老大徒伤悲。子在川上曰：“逝者如斯夫”。（合理即可）

【言语第二71】1.谢太傅在一个寒冷下雪的日子里把家人聚集在一起，跟子侄辈的人谈论文章的义理。把盐撒在空中大体上可以相比。不如说像柳絮乘风飞舞。2.寒雪日；内集；谢太傅与儿女；讲论文义；欢快、轻松、融洽。3.C 4.这是一个有力的暗示，表明作者赞赏道韫的才气。5.“撒盐”一喻好，雪的颜色和下落之态都跟盐比较接近；而柳絮呈灰白色，在风中往往上扬，甚至飞得很高很远，跟雪的飘舞方式不同。或：“柳絮”一喻好，它给人以春天即将到来的感觉，有深刻的意蕴；而且两者都是轻飘飘的，呈团状，这一点极相似。6.鹅毛、鸭绒、扬花、梨花、花絮、飞花。白雪却嫌春色晚，故穿庭树作飞花。忽如一夜春风来，千树万树梨花开。（合理即可）

【言语第二91】1.说；如果。2.应接不暇。3.王献之；王羲之。

【政事第三3】1.称赞；效法，学习；封建时王侯的自称；担任。2.周公没有学习孔子，孔子也没有学习周公。3.第一次问陈元方的父亲做太丘令时是如何赢得称颂的；第二次问的是袁公和陈元方的父亲治理的方法一样，是谁效法谁。4.借助周公和孔子没有互相学习的例子，告诉袁公不存在谁效法谁，既照顾了袁公的面子，也维护了父亲的尊严，顾全了双方的面子。

【政事第三10】1.老师；派，让。2.鞭挞宁越以立威名，恐非致理之本。3.关心爱护读书人，不墨守成规，能根据具体情况灵活处理问题的人。

【政事第三16】1.全，都；全，都；遇到，正碰上；讨伐，攻打。2.后来桓温讨伐成汉，要组装战船，这些竹头就都用来做了钉子。3.检厉，勤于事。4.节俭，勤勉。

【文学第四1】1.能够；等到。2.有人说郑玄能演算，马融便叫他来，让（命令）他演算，郑玄一运转（算具）就解决了，大家都很惊奇、佩服。

【文学第四2】1.还，尚且；很久。2.听了您之前的谈论，大多和我相同。

【文学第四4】1.听说；超过；向来，一向；通“早”。2.每当（崔烈）讲授的时候，他就偷偷在门口墙壁间偷听。3.虚心求教，真诚对待学问。

【文学第四6】1.担任；二十岁；次。2.谈论的玄理都是在座的人比不上的。

【文学第四14】1.坐；原因。2.这孩子心里一定没有无法医治的病！3.好学敢问的求实精神，遇到不明白的事情一定要搞清楚。

【文学第四20】1.通“悦”，喜悦，高兴；看。2.卫玠向来身体虚弱，总是被他母亲禁止（过度谈论）。3.“说”通“悦”；“度”通“渡”。

【文学第四49】1.为什么，凭什么；通“屎”。2.钱财本来就是粪土，因此将要得到它时就会梦见肮脏的东西。3.钱财只是一种工具，并不是人生的唯一追求。君子爱财，取之有道，不能为了获取金钱而不择手段。（言之有理即可）

【文学第四66】1.曾经。2.锅。3.煮豆燃豆萁，豆在釜中泣。本是同根生，相煎何太急！

【文学第四86】1.好；恐怕。2.孙兴公（孙绰）写成了《天台赋》，把它拿去给范荣期看。3.角、徵、羽。

【文学第四88】1.停止；通“邀”，邀请。2.袁虎年轻时家里很穷，曾经被人雇佣去运送租粮。所吟诵的五言诗，又是自己过去未曾听过的。3.叹美不能已；大相赏得。4.勤劳刻苦，天资聪颖，善于作诗。

【方正第五1】1.约定；离开；放弃，丢下；拉，表示亲近。2.过了中午朋友没有到，太丘就丢下他离开了，离开后朋友才来。跟别人约好一块走，却把别人丢下，自个儿先走了。友人感到惭愧，便从车里下来，想拉元方，元方头也不回地走进了自家的大门。3.不守信用；言辞粗鲁、只会怪罪别人而不会反省自己；知错能改；日中不至，则是无信，对子骂父，则是无礼；入门不顾。4.无信、无礼；“信”“礼”的重要性。5.肯定元方做法：一个失信于人、不知自责且当众骂人子、语言粗鲁的人，其品行恶劣可见一斑，对这样的人就应该断然拒之于千里之外，一个七岁的孩子，不可能想得太多，只是通过“入门不顾”表示他强烈的义愤，符合儿童的心理。不能用后世的眼光去看待当时的问题，对七岁的小孩不应求全责备。否定元方做法：天下人谁无过，知错能改，不失为有识之士，就应该给人改错的机会，不应用同样不礼貌的方法待人。（言之有理即可）

【方正第五2】1.C（犹：仍然，还）2.南阳人宗世林，和曹操是同一时代的人，他很鄙视曹操的为人，不愿和曹操结交。曹丕兄弟每次登门拜访宗世林，都是行晚辈之礼，单独跪拜在他的坐榻下。3.赞同宗世林的做法。宗世林不因曹操做了司空、得了权势而抛弃自己为人处世的原则，依然坚守犹如松柏般的坚贞不屈的志节，我们都应该学习宗世林的交友原则：不看对方权势高低，只看对方人品好坏。

【方正第五3】1.忧愁，忧伤；脸色。2.朕顺应天命登上帝位，你为什么不高兴？

【方正第五5】1.驻扎；通“阵”，列开阵势。2.宣王司马懿果然非常愤怒，就想要用重兵来对付诸葛亮。3.坚持原则，铁面无私。

【方正第五6】1.担任；神色，脸色。2.我虽然是罪人，也还不敢听从你的命令。

【方正第五10】1.授予官职；旧情，老交情。2.武帝说：“你还记得我们小时候的交情吗？”诸葛靓来了之后，武帝到太妃那里和他见面。

【方正第五26】1.放弃，丢下；这。2.周侯独自留下来，和他喝酒说话，临别时流下了眼泪。

【雅量第六1】1.死；脸色，神色。2.外面禀报说豫章有送信人到了，却没有他儿子的书信，顾雍虽然神态不变，可是心里已经明白其中的缘故。3.淡定

【雅量第六2】1.允许，答应；不久。2.我吝啬，坚决不肯传授给他，《广陵散》从今以后要失传了！3.神气不变，索琴弹之。无惧生死。4.从侧面烘托嵇康的才华和影响力及他的命运悲剧。

【雅量第六4】1.跑；确实这样。2.曾经和小朋友们出去游玩。3.树在道边而多子，此必苦李。4.强调王戎年龄小，在同龄人中很聪明。

【雅量第六5】1.通“避”，躲避；倒下。2.王戎却平平静静，一动不动，完全没有害怕的神色。3.对比。衬托王戎的冷静、镇定自若。4.因为前文说“断虎爪牙”，王戎知道老虎不会伤害到人。

【雅量第六19】1.书信；告诉，对……说；告诉；全，都。2.只有一个公子在东边床

上袒胸露腹地躺着，好像没有听见一样。3. 王羲之明知郗太傅派人到王家来选女婿，却坦腹东床，他的表现最坦荡、最率真，说明他不会为了权贵而伪装自己。所以郗太傅要选王羲之为女婿。玉逸少即王羲之，后来人们称他为“书圣”。

【雅量第六22】1. 拜访；告诉，对……说。2. 周侯已经过去了，又返回来，指着顾和的胸口问道：“这里面有什么？”顾和像之前一样抓虱子，慢慢地回答说：“这里面是最难捉摸的地方。”3. 因为顾和搏虱如故，据实回答（率性而为）；淡泊名利，不趋炎附势（不对权贵低首）。

【雅量第六35】1. 不久；慢慢地。2.（他的）神情脸色行为举动，和平时没有两样。3. 内敛沉稳（或很有城府、沉得住气等）。

【雅量第六 36】1. 跑；……的样子。2. 子敬却神色安然，毫不在意，慢悠悠地叫来随从，搀扶着再走出去，跟平时没什么不同。

【识鉴第七1】1. 正好，正在；然而，但是。2. 很遗憾我老了，看不到您享受富贵荣华，我要把子孙托付给您照顾。3. 乱世之英雄，治世之奸贼。有先见之明，有眼光。

【识鉴第七7】1. 让，派；听说，听到。2. 这种做法应当会失去天下，怎么能说最终得到天下呢？

【识鉴第七8】这孩子有跟别人不同的地方（与众不同），只是我老了，看不到他长大后的成就了！

【识鉴第七10】1. 征召，授予官职；不久。2. 人生可贵的是能够顺心而已，怎么能远离家乡到几千里外做官，来追求名声和爵位呢！

【识鉴第七13】1. 坐；握，拉。2. 明帝过了不久死了，杨朗得以免死。事情成功了，应当任用你来掌管荆州。3. 对局势有清醒的认识；善于指挥，有军事才能；有识人用人之明。

【识鉴第七19】1. 靠近，将要；攻克。2. 派他去，一定能攻克并安定西部地区，可是恐怕以后就再也控制不了他了。

【识鉴第七22】1. 交好，关系好；成，成功；攻克，引申为成功；全，都。2. 已经像狼一样吞并了梁、岐一带，又像虎一样看着淮水南岸地区。3. 不以爱憎匿善。

【赏誉第八6】1. 拜访；离开。2. 之前那两个孩子怎么样？希望那时候天下没有被遗漏的人才。3. 用对话的形式从他人的角度进行侧面描写，写出了王戎、裴楷的聪慧。

【赏誉第八9】1. 担任；处所，地方。2. 羊祜到了野王县界，郭奕派人去拦住羊祜。郭奕送了他好几天，一下子就送了几百里，最终因为出了县境被免官。3. 说明羊祜人品才华出众，是个人才。

【品藻第九2】1.交朋友；背。2.有人问：“真像你的评语那样，是陆君胜过顾君吗？”

【品藻第九29】1.称赞；如果。2.王羲之；书圣。3.刘惔问道：“和方回相比怎么样？”

【品藻第九38】1.告诉；所以，因此。2.我扔掉的竹马，他就拿来骑，因此他应当不如我。

【规箴第十1】1.曾经；只，只要；看，回头看；说话；希望。2.皇上难道还会想起你喂奶时的恩情吗？3.旁敲侧击的劝说艺术。

【规箴第十2】1.和；趁机；灭亡；任用。2.亡国的君主，各自都认为他的臣下是贤能的，哪里是明知不忠还要任用呢？3.京房层层铺垫，把自己想说的道理引导对方说出来，这样含蓄委婉，更能达到引导、劝谏的目的。治国主张：任用正直、贤良、忠诚的大臣。

【规箴第十7】1.明白；于是，就。2.于是就像喝醉酒一样，跪在武帝面前，用手拍着武帝的坐榻说：“这个座位可惜呀！”

【规箴第十8】1.满足；如同，像。2.不只我说你不能这样做，李阳也说你不能这样做。3.笨拙而又性情倔强刚烈，聚敛钱财不知满足，喜欢干涉别人的事。

【规箴第十9】1.崇尚；能够。2.王夷甫早晨起床，看见钱阻挡了自己走路，就招呼婢女说：“拿掉这些东西！”3.阿堵物；孔方兄。

【规箴第十11】1.喜欢，爱好；旧交，老交情。2.元帝答应了（戒酒），就命令人倒酒来，喝了个痛快，从此以后就戒了酒。

【捷悟第十一1】1.担任；写。2.曹操亲自去察看，叫人在门上写个“活”字，就离开了。

【捷悟第十一2】1.表示约数；按次序，轮流。2.曹操吃了一点，就在盖头上写了一个“合”字给大家看。曹公教每人吃一口呀，还有什么迟疑的？3.合字拆开来是“人一口”，就是叫每人吃一口。

【捷悟第十一3】1.经过；通“否”。2.我的才能比不上你，竟然差了三十里地才想出来。3.杨修是个才高八斗、绝顶聪明的人。从杨修能很快解密碑文和文末曹操感叹自己的才能不如杨修可以看出。

【捷悟第十一4】1.全，都；几。2.（曹操）认为可以用来做椭圆形的竹盾牌，只是还没有当众把这话说出来。3.竹盾牌；思维敏捷。

【捷悟第十一7】1.坐，骑；不久，一会儿。2.大家都不理解其中的缘故。（人们中没有谁理解其中的原因。）3.悟捷。

【夙惠第十二1】1.派，让；放下，舍弃；通“否”；拜访。2.像这样，只吃粥也可以，何必一定要吃米饭呢！3.陈太丘没有因为儿子忘了蒸饭就责怪他们，而是了解原因，在得知真相后原谅了儿子，他是一个教子有方的父亲；元方两兄弟偷听大人谈论学问非常专注，以致忘了蒸饭，父亲了解原因时如实回答，并能复述所学知识，可见他们好学、聪慧、诚实。

【夙惠第十二2】1.通“慧”，聪明；原因。2.这是何家的房子。3.A

【夙惠第十二3】1.对……感到奇异；为什么。2.元帝就把过江来的意图全都告诉他。3.机智、聪明、随机应变。

【夙惠第十二5】1.只；不久。2.现在已经穿上短袄，下身也会暖和的，所以不需要再做裤子了。3.B

【夙惠第十二6】1.穿；只。2. 孝武帝说:“白天活动着就不会冷，夜里不动弹就不会热。”3.聪明，有主见，善于说理。

【夙惠第十二7】1.超过；指诸侯王或有爵位的大官死。2.等灵宝长大成人，我就要把这个座位交还给他。3.聪慧。

【豪爽第十三1】1.很，非常；说。2.（王敦）神情气概豪迈奔放，旁若无人，满座的人都赞叹他威武豪爽。3.C

【豪爽第十三4】1.停止；全，都。2.（王处仲）用如意敲着唾壶打拍子，壶口全被敲出了缺口。

【豪爽第十三6】1.告诉；片刻，指很短的时间。2.车骑将军祖逖还没有去镇守寿春，他瞪起眼睛声色俱厉地告诉王敦的使者说。3.闻鸡起舞。

【豪爽第十三7】1.等到；助词，无意义。2.军队驻扎在襄阳。3.徒众属目，其气十倍。

【豪爽第十三8】1.向来，一向；遗憾。2.巴蜀一带的大官全都来参加聚会。3.王大将军。

【豪爽第十三10】1.旁边的人，手下；代词，指桓冲落入敌阵这件事。2.你叔父落入敌人阵里，你知道吗？3.石虔冲入几万人的敌阵，直接把叔父救了回来，十分勇敢，大家都很佩服他。

【豪爽第十三13】1.成功；哪里。2.金陵；建邺；建康（正确即可）。3.竹林七贤。

【容止第十四1】1.认为；握；美好的仪容很不一般；但是。2.不能威震远道而来的匈奴人。曹操听说后，派人追杀这个使者。3.狡猾、奸诈、疑心重。

【容止第十四2】1.给；已经。2.疑；与；大汗出；色转皎然；拭。

【容止第十四7】1.极，非常；效仿，学习。2.洛阳纸贵。3.不能随便模仿别人，否则会成为笑话。

【容止第十四11】1.告诉。2.（王戎）回答说："那是因为您没有见过他的父亲罢了！" 3.鹤立鸡群；一个人的仪表或才能在周围一群人里显得很突出。

【容止第十四19】1.说；禁得住，承受得住。2.人们早已听过他的名声，出来看他的人围得像一堵墙。3.人久闻其名，观者如堵墙。4.玠先有羸疾，体不堪劳，遂成病而死。

【自新第十五1】1.劝说，游说；全，都。2.义兴人把他们叫作"三横"，而周处的危害尤其厉害。再说人只怕没有志向，又何必忧虑美好的名声不能显扬呢？ 3.犯了错误的人，只要勇于改正，弃恶从善，同样可以成为有用的人。4.实冀三横唯余其一。

【企羡第十六1】授予官职；拄着拐杖。

【企羡第十六3】比拟，媲美；相当，匹敌。

【企羡第十六6】1.显达；在。2.（他）有一次看见王恭坐着高车，穿着鹤氅裘。

【伤逝第十七1】1.喜欢；回头看。2.王仲宣喜欢听驴叫，可以每个人学一声驴叫来送他。3.曹丕；曹操；曹植。4.B

【伤逝第十七2】1.通"着"，穿；以前，过去。2.今天看着这间酒肆虽然很近，(往事)却像隔着山河一样遥远。

【伤逝第十七3】1.靠近，到……前；抬起。2.宾客没有不感动得流泪的。你平时喜欢听我学驴叫，现在我为你学一学。3.表达了对逝者的追悼以及对发笑者的愤怒。

【伤逝第十七7】1.承受得住；弹奏。2.（张季鹰）便直接坐在灵床上弹琴，弹完了几曲。顾彦先还能再欣赏这个吗？ 3.不胜其恸；因又大恸，遂不执孝子手而出。4.悲痛至极，两人之间感情深厚，好友去世，张季鹰哀恸难禁。

【伤逝第十七8】1.是；女子出嫁；写书信；通"殁"，死。2.您的女儿还年轻，所以这样做是应该的。

【伤逝第十七10】1.等到；通"着"，放进。2.像这样的人，竟然连四十岁都活不到！

【伤逝第十七16】1.病重；向来，一向。2.为什么总是听不到子敬的消息？这是已经去世了！ 3."魏晋风度"就是当时士大夫任性、洒脱、旷达的态度。魏晋时期的文人士大夫注重感情表达，同时也追求超脱、旷达的风度。王子猷不悲、不哭正是"魏晋风度"中喜怒忧惧不形于色的风度的体现。

【栖逸第十八1】1.全，都；靠近。2.过了很久，他才笑着说："可以再来一次。"阮籍回头一看，原来是刚才（之前）那个人在吟啸。3.不搭理他（仡然不应，凝瞩不转）。原因：真人正在全心修炼，不想被打扰。对阮籍的发问和陈述不感兴趣，与他没有共鸣。

【栖逸第十八2】1. 离开；够。2. 嵇康到汲郡的山里游玩。

【栖逸第十八4】1. 征召；做官。2. 茂弘竟然拿一个官爵来送人。3. 清贞有远操。

【栖逸第十八6】1. 王羲之；书圣；兰亭集序。2. 即使是古时的隐士，又怎么能超越这种境界？

【栖逸第十八12】一箪食，一瓢饮，在陋巷，人不堪其忧，回也不改其乐。

【栖逸第十八15】1. 就；送，赠送。2.（戴安道）给亲近的人写书信说。

【贤媛第十九2】1. 画，名词作动词；只是。2. 宫女之中相貌平常的人，都用钱贿赂画工。（汉元帝）想要召见她们时，就打开画像按照图片召见。3.“姿容甚丽”“既召见而惜之”，这说明王昭君很美丽。“志不苟求”说明王昭君是个正直的人。

【贤媛第十九3】1. 宠幸，宠爱；听说。2. 所以我是不做这种事的。3. 班婕妤从鬼神是否有知的角度来阐明自己不会做祝诅的坏事。

【贤媛第十九8】1. 跑；比得上。2. 钟会回去后，把情况回报景王，许允的儿子最终免于被收押。3. 许允的妻子是个聪明果敢、有智慧的人。

【贤媛第十九10】1. 告诉；担任。2. 我没有听从母亲的告诫，以至于到了今天这个地步！ 3. 深明大义，从容镇定。

【贤媛第十九11】1. 不同；准备。2. 到了晚上，她越过墙去观察这两个人，直到天亮都忘了要回去。3. 韩氏是个聪明、贤惠、善于观察、坦率、了解丈夫的人。

【贤媛第十九19】1. 向来，一向；全，都。2. 你只管到外面留下客人，我自己来想办法。3. 她是一个重视友情、有主见、有担当的人，也是一个疼爱孩子、理解孩子、支持孩子的人。

【贤媛第十九20】1. 赠送，馈赠；使者。2.（这样）不但对我没好处，反而会增加我的忧虑。3. 陶母自己清正廉洁，对儿子要求严格，培养儿子的廉洁品质。

【贤媛第十九24】1. 特地，故意；旧，这里指变旧。2. 车骑将军桓冲不喜欢穿新衣服。

【术解第二十2】1. 通“座”，座位；对……说。2. 在座的人不相信他的话，（晋武帝）秘密派人去问这件事。

【术解第二十4】1. 擅长，善于；一定。2. 王武子叫人解下垫子，马就直接渡过河去了。3. 善解马性。

【术解第二十5】1. 被；等到。2. 郭璞哭喊着说：“嗣祖，怎么知道这不是你的福气！”

【术解第二十7】1. 满；将要。2. 距离坟墓几十里远的地方都变成了桑田。

【术解第二十11】1. 很久；遗憾。2. 殷浩被他真诚的孝心感动，就叫他把母亲抬来，给他母亲诊脉开药方。从此殷浩把医书全都烧了。3.不赞成，既然对医学深有研究，就应好好发扬光大，学以致用，不该完全放下不研究了。

【巧艺第二十一1】1.超过；对于。2.有位客人自称能这样做，文帝就让他做给自己看。

【巧艺第二十一2】1.虽然；用。2.评论的人认为是重心偏向一边的缘故。3.台虽高峻，常随风摇动，而终无倾倒之理。4.有时候不恰当的支持会起到反作用；违反科学规律可能会适得其反。

【巧艺第二十一5】1.擅长，精通；及，达到。2.羊家后代很多懂书法，可是射箭、下棋这些技能，却没有谁能赶得上羊长和（都不及羊长和）。

【巧艺第二十一6】1.所作所为；通“抄”，抄写。2.范宣看完后，赞叹不已，认为很有好处，这才重视绘画。3.互相学习。

【巧艺第二十一8】告诉；由于。

【巧艺第二十一11】1.画；只，只要。2.我的相貌不好看，不麻烦你了。明府您只是因为眼睛罢了。

【巧艺第二十一13】1.有的，有的时候；几。2.别人问他原因。3.形体的美丑，本来就和画的神妙之处没有什么关系，而画像要能传神，正是在眼睛上；画龙点睛。

【宠礼第二十二1】1.牵，拉；坚决。2.假使太阳和万物发出一样的光辉，臣下又怎么瞻仰太阳呢？

【宠礼第二十二3】1.担任；矮。2.王珣和郗超都有特殊的才能，受到大司马的喜爱和提拔（被大司马喜爱和提拔）。

【宠礼第二十二5】1.告诉；通“否”。2.这种宠爱实在是不容易得到的。做父亲的能达到这样，你看怎么样？3.伏滔是一个一旦得宠得势，就会得意忘形，向自己家人夸耀的人。

【宠礼第二十二6】1.处，处所，地方；径直，直接；辜负。2.卞范之返回座位坐着，注视着他，从早晨一直到晚上。

【任诞第二十三2】1.应该；停止。2.明公您正在用孝道治理天下。阮籍在那里又吃又喝不停下来，神色自若。

【任诞第二十三9】于是，就；总共；好久，很久。

【任诞第二十三17】1.擅长，善于；没有谁，没有人；拜访。2.有一个老妇人，看出他不是一个普通的人，而且很喜欢他的歌声、啸声，就杀了只小猪送给他吃。3.刘道真是一个知恩图报的人。

【任诞第二十三22】1.担任；才。2.（张季鹰）问贺司空：“您要到哪里去？”张季鹰说：“我也有事情要北上进京。”3.张季鹰是个率性而为的性情中人。

【任诞第二十三46】1.让；有人，有的人。2.怎么可以一天没有这位先生呢？3.一个人住的房子可以简陋，但是居住在里面的人志向高远，品性高洁，就会陋室不陋，空房不空，我们不应该只追求广厦华服等外在的物质享受，更重要的是要有对高尚的情操和高洁的志趣的追求。

【任诞第二十三47】1.下大雪，名词作动词；才；到。2.有人问他什么原因，王子猷说：“我本是趁着一时兴致去的，兴致没有了就回来，为什么一定要见到戴安道呢？”3.本文写王子猷雪夜访戴安道。表现了王子猷潇洒不羁（率性而为、崇尚自由、任性恣意等）的性格。

【任诞第二十三51】1.所以。2.阮籍和司马相如比怎么样？3.西汉；赋圣；《子虚赋》。

【简傲第二十四2】1.拜访；参与，参加。2.超过公荣的人，我不能不和他一起喝酒；比不上公荣的人，又不可不和他一起喝酒；只有公荣这个人，可以不和他一起喝酒。3.阮籍率性放达，不受礼法的约束。

【简傲第二十四3】1.正在；离开。2.钟士季邀请当时一些才德出众的人一起去寻访嵇康。

【简傲第二十四12】1.一起，共同；高兴。2.谢万还是苦苦邀请太傅谢安，太傅谢安坚决不改变主意，谢万就独自一人去。3.王恬为人放纵不羁，傲慢。

【排调第二十五3】1.回答；回头，回头看。2.君子团结别人但是不勾结在一起，和别人合得来但是不结党营私。3.有机警。

【排调第二十五5】1.听说；喜欢；通“否”。2.孙皓正在饮酒，于是举杯向武帝劝酒并且说。

【排调第二十五18】1.你，对人亲热的称呼；……东西。2.这里空空洞洞没有东西，然而可以容纳下几百个像你这样的人。

【排调第二十五26】1.全，都；开玩笑。2.众人总是相互议论说：“安石不肯出山，百姓将怎么办呢？”3.东山再起；指再次出任要职，或比喻失势之后重新得势。

【排调第二十五27】1.平民百姓；只，只是。2.刘夫人对谢安开玩笑说：“大丈夫不应当这样吗？”

【排调第二十五30】1.故意；缺损，缺少。2.正是为了让你们这样的人从这里出入。3.张吴兴是个反应敏捷、机智聪慧的孩子。

【排调第二十五40】1.告诉，对……说；怎么，哪里。2.张凭的父亲不明白是什么原因。

【排调第二十五48】1.喜悦的、安适自在的样子；抵触，不顺从。2.刘邦；杀人者死，伤人及盗抵罪。

【排调第二十五55】1.通“猝”，突然；通“着”，穿。2.前倨后恭；以前傲慢，后来恭敬，形容对人的态度改变。

【排调第二十五59】1.吃；……的原因。2.渐入佳境；比喻境况逐渐好转或兴趣逐渐浓厚。

【轻诋第二十六2】1.告诉，对……说；比拟，相比。2.大家都把你比作乐氏。3.西施；四大美女；欲把西湖比西子，淡妆浓抹总相宜。

【轻诋第二十六4】1.这时；慢慢地。2.南京；金陵（正确即可）。3.轻视，看不起。

【轻诋第二十六11】1.看，回头看；过错。2.他有一头千斤重的大牛，吃的草料和豆类，比普通牛多十倍，可是拉起重物走远路，连一头瘦弱的母牛都不如。3.一个人必须有真本领，要名副其实，能做实事。4.桓公是个忧国忧民，有远大理想，言辞犀利的人。

【轻诋第二十六29】1.通“熟”，仔细；认为，以为。2.恰好王子猷来了，谢安让他们在一起交谈。

【轻诋第二十六30】1.只听见。2.他回来后，有人问：“你看姓王的那些人怎么样？”3.讽刺王氏家族的人说话像乌鸦叫。

【假谲第二十七1】1.曾经；一起，全都。2.青庐里面的人都跑出来观看，曹操便进去，拔出刀来劫持新娘子，然后和袁绍跑出来。3.把人引到屋外，便于劫持新娘；激发袁绍的潜力，迫使他自己跳出来。

【假谲第二十七2】1.多；可以用来。2.士兵听了这番话，嘴里都流出口水，（曹军）趁着这个机会得以到达前面的水源。3.曹操是个聪明、善用计谋的人。

【假谲第二十七7】1.才；通“纵”。2.就相信他真的睡得很熟，于是他的性命才得以保全。3.王羲之；有智。

【假谲第二十七8】1.拜访；通“邀”，邀请。2.庾亮想要逃亡，却不行；想要去和陶侃会面，又恐怕被逮捕，进退两难没有办法。

【黜免第二十八1】1.比拟，相比。2.被王夷甫器重。诸葛厷问：“朝廷为什么流放我？”

【黜免第二十八2】1.沿着，顺着；罢免。2.母猿一直跟着船走了一百多里也不肯离开，最后就跳上了船，一上来就马上气绝身亡了。3.（言之有理即可）。

【俭啬第二十九2】给，给予。

【俭啬第二十九5】1.女子出嫁，嫁给；几。2.肥沃的土地、水碓之类的东西，洛阳城里没有人能和他相比（匹敌）。女儿回到娘家，王戎的脸色就很不高兴。3.吝啬。

【俭啬第二十九7】1.满，充满；腐败，坏掉。2.都督告诉他这件事，王导命令他扔掉，说："千万不要让大郎知道！"

【俭啬第二十九8】1.等到，到；平素，向来。2.陶侃问他："要这东西做什么？"3.俭吝。

【汰侈第三十2】1.类；全，都；到，往。2.王大将军王敦上厕所，就脱掉旧的衣服，穿上新衣服，神色傲慢。

【汰侈第三十6】1.告诉，对……说；旁边的人，手下。2.一会儿，烤牛心送来了，王武子吃了一小块就离开了。3.八百里分麾下炙，五十弦翻塞外声。

【汰侈第三十8】1.通"嫉"，妒忌；全，都。2.他曾经把一棵二尺左右高的珊瑚树送给王恺。石崇说："不值得遗憾，现在就还给你。"3.通过穷尽绮丽华美的东西装饰舆服和比珊瑚树两件事来写两人争豪。反映出两人生活的骄奢和浪费（穷奢极侈），进而反映出晋朝统治者们的奢靡腐化。4.争豪输给了石崇。

【忿狷第三十一2】1.通"纳"，放进；用。2.即使王安期有这种性格，尚且（还）没有一丝一毫值得称道的，更何况是王蓝田呢！ 3.性急。

【忿狷第三十一5】1.数落，列举罪状责备；离开。2.谢无奕已经离开了很久，他才回过头问身旁的小吏说："离开了没有？"3.王蓝田是个性格急躁但是能包容别人的人。

【谗险第三十二2】1.告诉；好处；游说，劝说。2.不久他就被杀了。

【谗险第三十二4】1.多次，屡次；听从。2.你只要多次去拜访王绪，一去就叫手下的人退出去，于是谈别的事情，这样，二王的交情就疏远了。殷荆州对这事很担忧，向王东亭请教解决的办法。

【尤悔第三十三1】1.相当于"之于"；死。2.文帝提前命令手下的人把装水的瓶罐都打碎了，卞太后光着脚小跑着到井边，却没有可以用来打水的东西。

【尤悔第三十三3】1.陆平原被卢志献谗言陷害，最终被杀。2.陆机；西晋；陆云。

【尤悔第三十三4】1.延请，招揽；最终，最后。2.一天之内虽然有几千人前来投奔他，可是逃跑的也有这个数目。3.拙于抚御。

【尤悔第三十三10】1.拜访；谈论。2.周子南来不及离开，就和庾公面对面坐了一整天。大丈夫竟被庾元规出卖了！

【尤悔第三十三15】1.旁边的人；回来。2.哪里有依靠它的末梢活命，却不认识它的茎干的呢！

【尤悔第三十三16】1.说；比。2.（桓车骑）于是就发病死了。

【纰漏第三十四1】1.到，往；用来。2.侍女们没有不捂着嘴笑话他的。

【纰漏第三十四3】1.让，下令；才。2.你读《尔雅》读得不熟，几乎（差一点）被《劝学》害死了。3.读书自有学问，我们要活读书，在现实中对书里的内容做实践性考察。

【纰漏第三十四5】1.一遍；过错。2.太傅（谢安）既然明白胡儿并不知道父亲做过这种事，就趁着他讲起的时候，告诉胡儿说。3.他采用了德教的方式，假托自己也做了不该做的事，委婉地指出后辈的过失，不伤害后辈的自尊心。

【纰漏第三十四6】1.通“否”；眼泪。2.处境艰难，进退两难。

【纰漏第三十四8】1.担任；数落。2.国宝的主簿在夜里封呈了一份报告文书。

【惑溺第三十五1】1.通“慧”，聪明；是。2.（曹操）下令赶快召见甄氏，旁边的人禀告说：“五官中郎已经把她带走了。”

【惑溺第三十五3】1.极其，非常；院子。2.嫉妒心非常强。

【惑溺第三十五6】1.称……为卿；因此，所以。2.妻子称丈夫为卿，在礼节上是不敬重的，以后不要再这样称呼了。3.夫妻或相爱的男女十分亲昵。

【仇隙第三十六1】1.内心，心中；以前，往昔。2.石崇对潘岳说：“安仁，你也这样吗？”

【仇隙第三十六5】1.到，往；通“凌”，侵犯，欺侮；数落；隔阂，嫌怨。2.大大地被当时的名流讥笑了一番。

【仇隙第三十六7】1.通“悬”，悬挂；通“熟”，仔细。2.你因为什么急着要杀我呢？